Christine Nöstlinger

Einen Vater hab ich auch

Roman

BELTZ
& Gelberg

Gulliver Taschenbuch 397

Programm Beltz & Gelberg, Weinheim

Einbandgestaltung von Max Bartholl
Einbandbild von Jutta Bauer
Gesetzt nach der neuen Rechtschreibung
Gesamtherstellung Druckhaus Beltz, 69494 Hemsbach
Printed in Germany
ISBN 3 407 78397 3
1 2 3 4 5 04 03 02 01 00

Inhalt

1. Kapitel,

in welchem meine Kindesliebe mit meiner Eigenliebe in einen schweren Konflikt gerät, Erstere über Zweitere siegt und mir deshalb eine unerhörte Zumutung droht.

Mein Schulfreund Lorenz – früher war er auch mein Privatfreund – hält es für »drittelnormal«, geschiedene Eltern zu haben. Weil sich jedes dritte Ehepaar scheiden lässt. Aber alle Kinder von geschiedenen Eltern, die ich kenne, wären lieber »zweidrittelnormal«. Nur mir war es bis vor acht Monaten – genau gesagt: bis Mitte April – völlig Wurscht, dass meine Eltern geschieden sind. Ich bin nämlich diesbezüglich relativ gut dran:

Erstens haben sich meine Mutter und mein Vater bereits scheiden lassen, als ich winzig klein war. Zwei Jahre und zwei Monate alt. Da habe ich die Streitereien und die dicke Luft zwischen ihnen nicht mitbekommen. Zumindest kann ich mich nicht daran erinnern.

Zweitens verdienen meine Mama und mein Papa beide recht ordentlich und können auch geschieden gut leben, was viele andere Menschen nicht können, weil man dann zwei Wohnungen braucht. Und zwei Autos. Und den ganzen übrigen Kram auch mal zwei. Wodurch für die Kinder viel weniger übrig bleibt.

Und drittens gab es bei uns nie so eine stur-blöde Einteilung, wo der Vater einmal die Woche oder einmal im Monat, ganz nach Gerichtsbeschluss, sein Kind für einen Nachmittag abholen darf. Ich konnte meinen Papa immer so oft sehen, wie ich Lust dazu – und er Zeit – hatte.

Ich habe das einmal für einen ganzen Monat ausgerechnet und herausbekommen, dass ich mit meinem Papa mehr Zeit verbringe als meine Freundin Lizzi mit dem ihren. Dabei ist die ein Zweidrittel-Kind. Aber ihr Vater kommt unter der Woche erst spät heim, setzt sich mit einer Flasche Bier zum Fernseher und schläft ein. Und jedes Wochenende geht er angeln! Und der Vater meiner Freundin Polli, ebenfalls Zweidrittel-Kind, widmet ihr zwar jede Menge Zeit, aber die macht er ihr durch Keppeln*, Nörgeln und Alles-Verbieten mies.

Dass die Lizzi und die Polli papamäßig schlimmer dran sind als ich, ist mir schon seit Kindergartentagen klar! Und dass der Mensch bescheiden zu sein hat, auch! Wenn er eine liebe Mama und einen lieben Papa hat, wäre es unmäßig, auch noch zu verlangen, dass die beiden einander lieben und dass man zu dritt – wie eine glückselige Kugel – durch das Leben rollt. Obwohl das natürlich schon wunderschön wäre!

Bis Mitte April also hatte ich an meinem geteilten Familienleben nichts auszusetzen. Ich war mir sogar gewisser Vorteile, die ich hatte, bewusst. Geschiedene Eltern halten zum Beispiel gegen ihr Kind nicht wie Pech und Schwefel zusammen. Das können sie gar nicht, weil sie nicht wissen, was der andere Elternteil gerade für richtig hält. Wenn ein Zweidrittel-Kind neue Jeans will, aber die Mutter sagt, dass jetzt erst einmal alle alten aufgetragen werden, kriegt das der Vater mit und tönt genauso wie die Mutter: »Zuerst trägst du deine alten Klamotten auf!«

* Wörter aus dem österreichischen Dialekt werden auf S. 186f. erklärt.

Aber wenn ein Drittel-Kind neue Jeans will und der Elternteil, bei dem es wohnt, ihm keine gönnt, kann es dem anderen Elternteil noch immer welche entlocken, weil der meistens keine Ahnung hat, dass der andere Elternteil gegen den Ankauf ist. (»Elternteil« klingt saublöd, aber ich glaube, es ist der exakte Amtsausdruck. Und »der Elter« für den Vater und »die Elter« für die Mutter, das ist wohl nicht üblich?)

Auch wenn es um Schularbeiten mit schlechten Noten geht, kann man sich aussuchen, wem man die zum Unterschreiben gibt! Das ist natürlich nicht bei allen geschiedenen Kindern so, es gibt sehr viele, denen es unheimlich dreckig geht. Aber bei mir war es halt gottlob so, und ich war, wie schon gesagt, bis Mitte April mit meinem »geteilten Elternleben« zufrieden.

Doch dann, an einem Montag, komme ich ziemlich verspätet von der Schule heim. Die Blaumeise, unsere Klassenvorständin und Mathe-Lehrerin, hatte mir nämlich nach Unterrichtsschluss noch einen Vortrag über gutes Schülerbenehmen halten müssen. Meine Mama empfängt mich mit ihrem Jetzt-wird-es-ernst-Gesicht und sagt, sie habe etwas mit mir zu besprechen. Etwas Urwichtiges!

Meine Mama ist Journalistin. Damals arbeitete sie für eine Tageszeitung in Wien. Meistens erledigte sie ihre Arbeit daheim. Sie tippte die Artikel in ihr Notebook und faxte sie zur Redaktion. Sie behauptete immer, dass sie daheim arbeite, damit ich kein Schlüsselkind sein müsse. Aber mir hätte es gar nichts ausgemacht, eines zu sein. Ob eine Mutter nicht daheim ist oder ob sie daheim ist, aber jedes Mal, wenn man etwas von ihr will, sagt: »Stör mich bitte nicht, ich muss arbeiten!«, kommt aufs Gleiche raus. Außerdem können Schlüsselkinder das Radio und den CD-Player so laut aufdrehen, wie sie wollen, und müssen keine Rücksicht auf Mutterohren nehmen. Niemand hält ihnen vor, dass sie fernschauen, statt Hausübungen zu machen. Keiner merkt, dass sie zu Mittag in den Eissalon gegangen sind und das Gulasch, das sie sich hätten wärmen sollen, klammheimlich »entsorgt« haben.

Nun, ich räume also an diesem Montag aus, was ich auf dem Heimweg von der Schule für das Mittagessen besorgt habe – für die Mittagskalorien war immer ich zuständig –, und die Mama eröffnet mir, dass sie das Angebot hat, für eine Zeitschrift zu arbeiten, die *Päng* heißt und gerade in München gegründet worden ist. Und dass das sehr gut ist, weil sie sich ohnehin schon Sorgen um ihren Job gemacht hat. »Ihrer Zeitung« geht es mies, die kommt vielleicht nicht »über die Runden« und könnte eingehen. Außerdem würde sie bei diesem Päng doppelt so viel verdienen wie bisher. Dann wären wir beide echt wohlhabende Leute!

»Toll, toll«, sage ich und denke mir nichts Böses, weil ich annehme, dass die Mama nun ihre Artikel nicht mehr ans andere Ende der Stadt faxen wird, sondern über die Landesgrenze nach München. Ich ziehe die Mama deswegen noch auf, denn sie steht mit der Faxerei auf Kriegsfuß und schafft sie nur im Verhältnis 10:1 problemlos. Und gibt dann immer ungerechterweise dem Notebook die Schuld.

Doch meine Mama sagt: »Feli, wenn ich den Job beim Päng annehme, müssen wir zwei nach München ziehen!«

Wie sie das sagt, waren wir schon beim Essen, und mir plumpst vor schierem Entsetzen die Hummermayonnaise von der Gabel auf das linke Hosenbein. Und dann sagt die Mama noch: »Aber ich tue es nur, wenn du einverstanden bist! Wenn du meinst, von Wien nicht fortziehen zu können, sage ich ab!« Doch dabei macht sie ein Gesicht, als würde sie eine Absage in tiefste Depression stürzen.

Mich machte das völlig ratlos. Ich bin ein Kind, das es hasst, zu etwas gezwungen zu werden. Weil ich so bin, hasse ich es auch, jemand anderen zu etwas zu zwingen. Klar war mir nur, dass ich echt nicht nach München will! Und dass ich die Mama nicht zwingen will, wegen mir in Wien zu bleiben! Und dass es keine Lösung für diesen Zwiespalt gibt! So gab ich zuerst einmal gar keine Stellungnahme ab. Ich sagte nicht einmal, dass ich es mir überlegen werde. Doch meine Mama, nehme ich an, deutete mein Schweigen so. Wohl, weil sie mir eine »Entscheidungshilfe« andienen wollte, schwärmte sie mir lang und breit vor, welch irr-tolle Stadt München sei, »richtig schickimicki und pipapo«. Und mit dem Zug sei man in vier klitzekleinen Stündchen von dort in Wien! Und der Papa habe ohnehin wahnsinnig oft geschäftlich in München zu tun, da würde ich ihn dann kaum weniger sehen als bisher! Und so ein »aufgeschlossenes, kontaktfreudiges« Kind wie ich, das wird bald in München jede Menge Freunde haben! Hätte nicht viel gefehlt, und sie hätte mir auch noch eingeredet, dass in München eh alle Kinder viel bessere Kumpel sind als in Wien!

Am Nachmittag überlegte ich mir, dass meine Mama schon viele Projekte und Pläne gehabt hat und schon oft den Job hat wechseln wollen und dass nie etwas daraus geworden ist. Jedes Mal, wenn sie ihrem Chefredakteur die Kündigung auf den Schreibtisch gelegt hat, hat er ihr ein bisschen mehr Geld angeboten und ihr versichert, dass er ohne sie nicht auskommen kann. Und da ist die Mama immer so gerührt gewesen, dass sie geblieben ist.

Ich versuchte mir einzureden, dass es diesmal genauso sein wird und ich mir keine übertriebenen Sorgen machen muss.

Am Abend fing die Mama wieder vom Päng-Job zu reden an. Sie sagte, das größte Problem sei, in München eine Wohnung zu finden. Dort seien Wohnungen, die man sich leisten kann, noch rarer als in Wien. Ein Miethai-Paradies sei diese Stadt! Sie habe zwar eine alte Freundin in München gebeten, nach einer Wohnung Ausschau zu halten, doch die habe ihr nicht viel Hoffnung gemacht.

So ging ich echt beruhigt ins Bett. Wenn in München ohnehin keine Wohnung zu bekommen ist, dachte ich mir, brauche ich gar nicht lang und breit gegen meine Verfrachtung dorthin zu protestieren und meine Mama dadurch in Depression zu stürzen. Ist doch besser, der »Traumjob« scheitert an den Miethaien als an mir!

Richtig vergessen konnte ich die Päng-Drohung aber nicht, denn in meiner Klasse hatte sich herumgesprochen, dass meine Mutter eventuell mit mir nach München übersiedeln will. Nicht durch mich! Die Mutter vom Lorenz hatte es beim Friseur erfahren. Weil meine Mama auch zu dem Friseur geht und dem Stylisten – so nennen sich die

Haarschneider dort – vom Päng-Angebot erzählt hat. Und der Stylist hat es gleich brühheiß weitergetratscht. Obwohl es ihm die Mama unter sieben verschwiegenen Siegeln anvertraut hatte.

Ich war ziemlich gerührt, dass deswegen nicht nur die Lizzi und die Polli und der Lorenz, mit dem ich ja damals so gut wie »ging«, total aus dem Häuschen waren. Fast alle Kinder beschworen mich eindringlich, hier zu bleiben und mich gegen den Umzug zu wehren. Ohne mich, sagten sie, wäre die Schule trister, grauer Alltag!

Ich sorge nämlich gern für ein bisschen Abwechslung, Heiterkeit und Kurzweil im Unterricht. Besonders beim Hollander und der Blaumeise, die eigentlich Dr. Meise heißt. Den Spitznamen habe ich ihr gegeben, weil sie sich mit Vorliebe blitzblau einkleidet. Der Hollander und die Blaumeise haben allerhand an sich, das einen dazu reizt, sie auf die Schaufel zu nehmen. Die Blaumeise hat so ein richtiges Sauertopfgesicht, mit hängenden Mundwinkeln, Schlappohren und Griesgramfalten auf der Stirn. Die ist so eine, die – wie mein Papa sagt – in den Keller lachen geht. Sie hat auch gute Eigenschaften. Aber dass sie die hat, darauf bin ich erst später gekommen. Damals, Mitte April, bemerkte ich nichts davon. Da bekam ich nur zu spüren, dass sie keinen Spaß versteht und nichts »ungeahndet« lassen kann. Wenn ich ihren Vortrag über mathematische Probleme durch regelmäßige Rülpser etwas belebte – meine Mama hat mir beigebracht, grundlos täuschend echt zu rülpsen –, konnte sie das einfach nicht überhören, sondern musste mit mir zu streiten anfangen, ob ich wirklich, von wegen »Gase im Magen«, rülpsen muss oder ob ich es absichtlich tue. Und wenn sie mich an die Tafel rief und ich unser letztes Stück Tafelkreide zerbröselte, damit das Schreibwerkzeug futsch ist und ich arbeitslos bin, tat sie gleich, als hätte ich ein Kapitalverbrechen begangen. Bis zum nächsten Sprechtag hat sie sich so etwas gemerkt und der Mama vorgehalten! Auch wenn mir rein zufällig einmal etwas passierte, vermutete sie gleich, ich hätte es extra getan. Als ich einmal vom Stuhl fiel, keifte sie mich, statt sich um mein geprelltes Steißbein zu sorgen, an: »Ist das jetzt eine neue Methode, den Unterricht zu stören?«

Der Hollander wiederum, der ist so leicht aus der Fassung zu bringen und unheimlich zerstreut und konfus. Wenn der seine biologischen Weisheiten kund tut, unterbreche ich ihn gern mit kleinen »Zwischenfragen zum Thema«. Und er gibt mir schön brav Antwort, aber die unterbreche ich wieder mittendrin und frage »zwischen«, und er geht wieder auf meine Frage ein, und ich unterbreche wieder, und auf einmal weiß er nicht mehr, wovon er vorher geredet hat, und ist ganz verwirrt. Habe ich einen hartnäckigen Tag, geht so die ganze Biologie-Stunde herum, ohne dass er lernstoffmäßig ein Fuzerl vom Fleck gekommen ist.

Eh klaro, dass meine Klassenkollegen auf so eine wie mich ungern verzichten wollten. Ich beruhigte sie ehrlichen Herzens! Ab Mitte Mai war ich völlig sicher, dass die Mama den Päng-Job nicht annehmen wird. Zweimal hatte die Freundin aus München angerufen und gesagt, dass sie nur »sündteure Löcher« ausfindig gemacht habe. Außerdem war eine Kollegin der Mama bei uns auf Besuch gewesen, und die hatte gesagt, dass das Arbeitsklima beim Päng angeblich »total katastrophal« sei und sich die Mama den Jobwechsel »dreimal überlegen« möge. Zudem schwärmte mir die Mama auch nimmer von München vor und davon, was wir uns von dem üppigen Päng-Einkommen alles würden leisten können!

Doch am 29. Mai komme ich dann, nichts Böses ahnend, von der Schule heim. Die Swetlana, unsere Hausbesorgerin, wäscht gerade mit viel Wasser die Hauseinfahrt und sagt zu mir, sie habe einen Topfenstrudel im Backrohr, der sei in einer halben Stunde fertig und ich könne mir dann eine große Portion holen. Ich sage dankbar zu, denn die Strudel von der Swetlana sind einsame Spitze, und wate auf Zehenspitzen durch das Waschelnasse zu den Briefkästen, weil ich sehe, dass auf unserem ein Telegrammpickerl klebt. Ich hole eine Karte von der Oma, die ihren Lebensabend auf Mallorca verbringt, aus dem Briefkasten, ein paar Werbewische, zwei Briefe von der Bank und das Telegramm. Und ich wundere mich über das Telegramm. Wer schickt denn heute noch so was, denke ich mir. Wo man doch telefonieren und faxen kann!

Die Swetlana schaut mir zu, wie ich das Telegramm aufreiße, und sagt mit sehr bekümmertem Gesicht: »Muss ich immer an Unglück denken, wenn ich Telegramm sehe. Steht nie nix Schönes drin!«

Ich lese das Telegramm, nicke und murmle: »Hast recht, da steht wirklich nix Schönes drin!«

Wahrscheinlich hätte die Swetlana gern erfahren, was in dem Telegramm steht. Normalerweise habe ich auch keine Geheimnisse vor ihr, denn sie ist total o.k. Aber ich war so down, dass ich nicht in der Lage war, ihr das Telegramm vorzulesen und ihr zu erklären, was das zu bedeuten hat.

Ich lasse also die Swetlana im Unklaren, laufe mit dem Packen Post die Treppe rauf, sperre die Wohnungstür auf, betrete das Vorzimer und knalle die Tür so fest hinter mir zu, dass der Luftzug den roten Strohhut der Mama vom Kleiderständer weht und mich unser Unterbar (habe ich für den Deppen, der unter uns wohnt, von »Nachbar« abgeleitet) sicher wieder zum Teufel wünscht, weil meine Lärmentwicklung an seinen Nerven zerrt.

Die Tür zum Badezimmer steht offen, ich sehe die Mama in der Badewanne liegen, in viel hellblauem Schaum. Sie badet jeden Tag ausführlich, obwohl das der Haut nicht guttut. Das zerstört den Säuremantel, und wenn der einmal defekt ist, bekommt man viel leichter Ausschläge und Milbenbefall und Krätze und so ekliges Zeug. Sagt der Hollander wenigstens! Aber die Mama sagt, die tägliche Badestunde ist ihr Jungbrunnen, da entspannt sie sich und ihr Hirn regeneriert.

Das Türknallen reißt die Mama aus dem regenerierenden Dösen. Schuldbewusst ruft sie: »Was, schon ein Uhr vorbei? Ich komm gleich und mach uns ein Omelett!«

Ich gehe ins Badezimmer und halte der Mama das Telegramm unter die Nase. Aber die Mama hat die Kontaktlinsen nicht in den Augen und ohne Plastikaugen verwechselt sie sogar ein fremdes Kind – auf Kussdistanz – mit mir.

»Was ist das?«, fragt sie.

»Ein Telegramm!«, antworte ich.

»Ach, dann war das der Briefträger, der gerade geklingelt hat«, sagt sie. »Von wem ist es denn?«

»Kommt aus München!«, sage ich. »Vom Päng-Verlag!«

Da bekommt der kurzsichtige Blick der Mama zusätzlich eine verunsicherte Note. »Wieso schicken die ein Telegramm?«, murmelt sie. »Warum rufen die nicht an?«

Warum die nicht angerufen hatten, war mir aber schon klar. Der Telefonstecker, der vom Hauptanschluss im Vorzimmer, war nicht in der Steckdose! Die Mama faxte damals ihre Artikel immer vom Nebenanschluss in ihrem Zimmer. Das geht aber nur, wenn man vorher den Hauptanschlussstecker rauszieht. Und sie hatte wieder einmal vergessen, nach dem Faxen das Kabel im Vorzimmer anzuschließen. Also hatte jeder, der bei uns angeklingelt hatte, bloß ein nervendes Tüt-Tüt-Tüt vernommen.

»Hast du das Telegramm schon aufgemacht?«, fragt mich die Mama und verkriecht sich bis zur Unterlippe in den hellblauen Schaum.

»Das habe ich!«, antworte ich und muss mir Mühe geben, dass meine Stimme nicht kreisch-zittrig wird.

»Lies vor!«, sagt die Mama und taucht bis zur Nasenspitze in den Schaum rein.

Ich fange zu lesen an: »Ist uns leider unmöglich, Sie telefonisch zu erreichen …«

Die Mama taucht bis zum Kinn aus dem Wasser auf und unterbricht mich: »So ein Blödsinn! Nix wie daheim war ich heute und gestern!«

Ich verzichte darauf, ihr den vergessenen Telefonstecker

vorzuhalten, und lese weiter: »Ihr Hotelzimmer ist ab 1.6. in der Pension Fortuna, Schellingstraße, gebucht. Bitten um ehebaldigsten Rückruf. Päng!«

Die Mama seufzt. Dreimal. Sehr tief, sehr innig. Und ich krächze: »Das ist übermorgen!«

Meine Mama kommt in voller Länge aus dem Schaum raus und steigt aus der Wanne. Lauter hellblaue Blubberkleckse hat sie auf dem Leib. Ohne die wegzuduschen, schlüpft sie in den Bademantel.

»Ich wollte es dir eh schon vorgestern und dann gestern beibringen, Schatzl«, sagt sie, geht zum Waschbecken und setzt sich die Plastikaugen ein. »Aber ich habe es halt rausgeschoben. Weißt ja, wie ich bin! Das Unangenehme halte ich halt gern weg von mir!«

Ich setze mich auf den Wannenrand, lasse das Telegramm los und auf den hellblauen Schaum flattern. Zuerst schwimmt es, dann bekommt es dunkle Flecke, schließlich wird es grau und schlapp und säuft ab. Meine Mama schmiert sich weißen Fettgatsch dick auf das Gesicht und erklärt mir, dass sie beschlossen hat, den Päng-Job erst einmal auszuprobieren. Könnte ja sein, dass er ihr nicht taugt. Bevor ihr das eindeutig klar ist, wäre es hirnrissig, hier alles aufzugeben und mit Sack und Pack umzuziehen. Außerdem ist ihre alte Freundin untüchtig, die schafft es nicht, eine Wohnung aufzutreiben, da muss sie sich selbst darum kümmern! Und so hat sie dem Päng-Verlag das Angebot gemacht, zuerst einmal vier Wochen auf Probe zu arbeiten und in einem Hotelzimmer, das vom Verlag bezahlt wird, zu wohnen. Auf den Sommer, bis zu den Ferien, hat sie das nicht rausschieben können, weil so ein »G'riss« um den Job ist. Den wollen viele haben! Und für mich ist es erstens eh nichts, mit ihr in einem Hotelzimmer zu hausen, und zweitens ist noch Schule und ich muss das Schuljahr in Wien abschließen! Darum hat sie mit der Tante Annemi – das ist ihre Schwester – geredet, und die ist bereit, mich bis zum Schulschluss aufzunehmen!

Speziell der letzte Teil dieser langen Erklärung entsetzte mich derart, dass ich vor Schreck nach hinten abrutschte und mit dem Hosenboden ins Wasser eintauchte. Meine Tante Annemi ist nämlich wirklich das Letzte! Und ihr Mann, der Onkel Gus, ist das Allerletzte! Und meine Cousine Anna ist ein Kotzbrocken! Bloß meine Cousine Soffi ist in Ordnung. Aber die ist ja auch das schwarze Schaf in der Familie und muss sich dauernd erziehen lassen.

Natürlich wäre jetzt höchste Eisenbahn gewesen, meiner Mama zu sagen, dass ich um nichts in der Welt nach München will und sie ihre Zusage rückgängig machen soll! Aber ich wollte nicht schuld dran sein, dass sie auf ihren »Traumjob« verzichten muss. Wer bin ich denn, dass ich über ihr Leben bestimmen kann? In meinem arg optimistischen Gehirn raunte es außerdem: Wer sagt, dass ihr der Job gefällt? Wenn dort Rauchverbot ist, ist sie schon übermorgen zurück! Und Wohnung findet sie auch selbst keine! Und wenn der Chefredakteur in ihren Artikeln herumstreicht und was ändert, kann sie das auch nicht haben! Soll sie nach München fahren und draufkommen, dass sie hinter einer Schnapsidee her war.

Nur, dass ich, während sie draufkommt, bei der Tante Annemi bleiben soll, war eine Zumutung der unzumutbaren Sorte! Die Mama sah das auch irgendwie ein. Dutzendmal entschuldigte sie sich dafür und verfluchte die Oma, weil die auf Mallorca das Leben genießt, statt wie andere Omas die Enkeltochter zu hüten.

»Und sonst«, sagte die Mama, »haben wir ja niemanden, bei dem du bleiben könntest!«

Denkste, dachte ich. Aber wo ich bis zur einsichtigen Rückkehr der Mama sonst noch bleiben könnte, sagte ich nicht. Ich wollte es fix abmachen, bevor ich es ihr melde.

Ich lüpfte meinen Hintern aus dem Badewasser, ging in mein Zimmer, zog mir taillenabwärts trockene Klamotten an, sagte der Mama, dass ich auf das versprochene Mittagsomelett verzichte – mir sei der Hunger durch ihre Eröffnung ohnehin vergangen und ich hätte eine Verabredung mit Schulfreunden. Dann ließ ich mir noch eine alte Topfenkolatsche aufdrängen, raste aus dem Haus, galoppierte zur Straßenbahn und fuhr zum Büro vom Papa.

Mein Papa hat zusammen mit seinem Co ein »Atelier für grafisches Design«. Sie machen Firmen-Logos und Entwürfe für Broschüren und Jahresberichte von großen Betrieben. Manchmal auch das Layout für ein Buch. Alles halt, was mit Schriften und schöner Ausstattung zu tun hat. Wenn wer was gezeichnet haben will, machen sie das auch. Aber da sind sie nicht so gut, sagt mein Papa.

Als ich im Büro vom Papa ankam, waren nur der Co und der junge Assistent da. Keine Ahnung, sagte der Co, wo der Mann ist! Wahrscheinlich Mittag essen. Immer, wenn mein Papa mit einer »Flamme« unterwegs ist, tut der Co, als wüsste er von nichts. Er meint, ich sei auf »Flammen« eifersüchtig. (Weil er auch geschieden ist und seine Tochter auf seine Freundin eifersüchtig ist.)

Ich wartete auf meinen Papa. Gut eine Stunde lang. Aber ich bin ohnehin gern im Atelier. Da gibt es viele Farben und Stifte und schöne Papiere. Ich zeichnete ein bisschen, und der Co und der Assistent lobten mich und behaupteten, dass ich ein »tolles Talent« sei. Dass das auch der Assistent sagte, freute mich. Lob vom Co kann man aber nicht ernst nehmen. Der ist ein Charmeur und Schmeichler.

Dann kam endlich der Papa. Ich erzählte ihm, wohin mich die Mama als Pflegekind stecken will. Der Papa fing zu schimpfen an, dass die ganze Päng-Sache eine Sauerei gegen mich und auch gegen ihn ist! Das sei üble Erpressung von der Mama, rief er. Sie überlässt die Entscheidung mir, weil sie weiß, dass ich ihr die Chance nicht verpatzen will! Und ihn fragt sie überhaupt nicht, ob er damit einverstanden ist, vier Stunden zu reisen, um sein Kind zu sehen! Dann erklärte er, er werde der Mama Bescheid stoßen und ihr sagen, dass ich absolut nicht nach München will!

Ich erklärte ihm, dass das nicht mein Problem ist, weil die Mama eh einsehen wird, dass alles eine Schnapsidee ist. Jetzt geht es darum, dass ich nicht zur Tante Annemi will! Ich schaute dem Papa mit allerinnigstem Tochterblick fest in die Augen und fragte: »Könnte ich nicht bei dir wohnen?«

Der Papa riss den Mund auf wie einer, der Polypen hat

und durch die Nase keine Luft kriegt. Einen Blick bekam er, als wäre er von einer Sekunde auf die andere total verblödet. Völlig dorftrottelig schaute er drein. So fügte ich hinzu: »Ich bin kein Baby mehr. Brauchst mich nicht stillen und wickeln, bin echt pflegeleicht, wird dir gar nicht auffallen, dass ich bei dir wohne!«

Der Papa machte den Mund zu und schaute wieder halbwegs intelligent aus der Wäsche. Dann räusperte er sich und meinte, dass das natürlich im Prinzip schon möglich wäre. Im Prinzip allerdings nur! Denn im Moment würden leider alle Umstände dagegen sprechen. Da müsste ich ja eine Stunde in die Schule fahren und zu Mittag wieder eine Stunde retour (sind in Wirklichkeit nur vierzig Minuten)! Und nicht einmal ein Bett hat er für mich! Und im Augenblick hat er so viel Arbeit um die Ohren, jeden Tag schuftet er bis Mitternacht! Und die Mama wäre sowieso dagegen! Und die Tante Annemi ist ohnehin eine passable Person! Und die Soffi und die Anna sind sehr liebe Kinder. Sogar der Onkel Gus ist, wenn man sich Mühe gibt, auszuhalten! Ohne mit einer Wimper zu zucken, sagte er das. Obwohl er vorher immer erklärt hatte, so was von einer Graus-Familie gibt es kein zweites Mal. Ich war maßlos enttäuscht! Nicht nur, weil mir nun doch die Graus-Verwandtschaft drohte. Am meisten war ich vom Papa enttäuscht. Dass sich der so vor mir drücken würde, hatte ich nicht erwartet. Und weil ich es nicht erwartet hatte, versuchte ich gar nicht, ihn zu überreden.

Ich sprang auf, sagte: »War ja nur eine Frage!«, und flitzte zur Tür raus. Der Papa rief hinter mir her, dass ich bleiben soll, dass wir das ausdiskutieren müssen. Ich glaube, er lief mir sogar ins Treppenhaus nach. Aber ich habe schließlich meinen Stolz, und der sagte mir, dass er und ich auf einen Vater pfeifen, der vor Schreck wie ein Dorftrottel dreinschaut, wenn er seiner Tochter Quartier geben soll!

Meine Freunde, die Polli, die Lizzi und der Lorenz, fanden es auch unerhört, dass ich zur Graus-Verwandtschaft ziehen sollte. Aber erstens war für sie die Hauptsache, dass ich ihnen nicht abhanden komme, und zweitens sind sie überhaupt nicht die Richtigen, um solche Probleme zu bereden. Sie sind Zweidrittel-Kinder und haben von Müttern andere Vorstellungen als ich. Die drei glauben glatt, dass Mütter zu nichts anderem da sind, als für Väter und Kinder zu sorgen und denen alles recht zu machen. Darum schimpften sie auf meine Mama und behaupteten, die sei nicht o.k., wenn sie mir solche Probleme aufbuckle. Sie sei egoistisch und denke nur an sich selber und nicht an mich. Wenn ich versuchte, ihnen zu erklären, dass meine Mama sehr wohl o.k. ist und nicht egoistisch, bekamen wir immer Streit. Vor allem der Lorenz verstand nie, dass ich die Mama verteidige. Der ist nämlich daheim der Super-Pascha. Lässt sich hinten und vorne bedienen, und seine Eltern müssen spuren, wie er die Weichen stellt. Der schüttelte ja schon jedes Mal entsetzt den Kopf, wenn ich auf dem Heimweg von der Schule das Mittagessen einkaufte. Ob sich meine Mama die Arbeit so schlecht einteilen kann, dass sie nicht zum Einkaufen kommt, fragte er mich oft. Seine ist Sekretärin und macht viele Überstunden, aber trotzdem kauft sie immer selber ein! Dass ich mir, wenn nötig, ein paar Klamotten eigenhändig bügle, verwirrte ihn total. Das kann man von einem elfjährigen Kind, egal welchen Geschlechts, nicht erwarten, sagte er. Wenn sich meine Mama keine Zeit fürs Bügeln nehmen will, hätte sie kein Kind bekommen dürfen. Er glaubt tatsächlich, dass eine Mutter für ihr Kind alles tun muss, aber das Kind zu rein gar nichts verpflichtet ist. Beim Päng-Problem stand er natürlich auf dem Standpunkt, dass ich saudumm bin, weil ich meine diesbezüglichen Wünsche nicht laut werden lasse, und daher selber schuld, wenn nicht geschieht, was ich will.

Warum ich mit einem Typ, der solche Ansichten hat, damals »ging«, ist mir heute ein Rätsel. Mein Papa mutmaßt, ich sei in ihn verknallt gewesen, weil ich ihn hübsch fand. Aber hinter Schönheit bin ich eigentlich nie her gewesen. Vielleicht war es eher so: Weil der Lorenz ein hübscher Knabe ist, haben sich alle Mädchen in unserer Klasse in ihn verliebt. Da habe ich halt mitgetan. Und war dann ganz hingerissen, dass er gerade mir seine Gunst geschenkt hat.

Jedenfalls besprach ich mit der Polli, der Lizzi und dem Lorenz meinen »Pflegeaufenthalt« nicht näher. Mit der Mama übrigens auch nicht. War auch gar keine Zeit dazu. Die zwei Tage vergingen rasend schnell. Die Mama packte und telefonierte herum. Liegen gebliebene Arbeit musste sie auch erledigen. Und an den Abenden war sie beim Heurigen, um mit irgendwelchen Kollegen Abschied zu feiern. Was hätte ich außerdem viel mit ihr bereden sollen?

Meine Mama sagt oft einen Spruch, der heißt: Ungelegte Eier soll man nicht begackern! Aber es hat auch keinen Sinn, gelegte Eier zu begackern. Das Ei, das man mir gelegt hatte, wäre nicht leichter zu verdauen gewesen, wenn ich es laut begackert hätte! Nicht einmal mit den Krallen im Sand scharren hätte da geholfen!

2. Kapitel,

in welchem ich die unzumutbare Zumutung tapfer durchzustehen versuche, was aber an den Kernen von einem Kilo Kirschen und an einem Igel auf einer Bürste scheitert.

Meine Graus-Verwandtschaft wohnt in einem Reihenhaus, gleich bei uns in der Nähe, bloß zwei Straßenbahnhaltestellen entfernt, dem Stadtrand zu. Das Reihenhaus ist so eines mit handtuchgroßem Vorgarten und badetuchgroßem Hintergarten. Dumm aufgeteilt ist es auch. Das Wohnzimmer ist irre groß, die zwei Kinderzimmer sind klitzeklein. Da passen gerade nur ein Bett, ein Mini-Schreibtisch und ein Stuhl hinein. Bessere Gefängniszellen sind das. Ein Gästezimmer gibt es in dem Haus zwar, doch in dem kann kein Gast wohnen, weil der Onkel Gus darin seine diversen Sammlungen untergebracht hat. Er sammelt Bierdeckel und Zündholzschachteln, Zinnsoldaten und Münzen. Bis zur Decke stapeln sich im Gästezimmer die Schachteln und Kartons mit seinen Heiligtümern. So hat die Tante Annemi bestimmt, dass ich bei der Soffi im Zimmer wohnen werde. Auf einer Gastmatratze, welche am Abend vor das Bett der Soffi gelegt wird. Ich habe es gelassen akzeptiert, weil ich mir gedacht habe: Eh der beste Platz in dem Graus-Haus!

Für den 31. Mai, neunzehn Uhr, hatten die Mama und die Tante Annemi meine »Übergabe« ausgemacht.

»Aber kommt pünktlich«, hatte die Tante Annemi zur Mama gesagt, »damit mir das Essen nicht verdirbt!«

Weil ich immer schneckenlangsam werde, wenn ich etwas tun muss, was mir zuwider ist, brauchte ich mit dem Einpacken meiner »sieben Zwetschken« ewig lange, und wir marschierten erst knapp nach acht Uhr bei der Tante Annemi ein.

Die Soffi machte uns die Haustür auf. Die anderen, sagte sie, sind beim Essen und sauer wegen unserer Verspätung. Die Soffi hatte man »der Tafel verwiesen«, weil sie die Erbsen aus dem Risi-Pisi vom Teller in ihre Hosentasche geschmuggelt hatte. Sie hasst Erbsen. Aber der Onkel Gus besteht darauf, dass gegessen wird, was auf den Tisch kommt. Und natürlich hatte die Anna, das Luder, den Erbsentransport mitbekommen und ihre Schwester vertratscht. Vertratschen ist die Lieblingsbeschäftigung meiner Cousine Anna. Nicht nur daheim, auch in der Schule.

Meine Mama wieselte, emsig Entschuldigungen stammelnd, in das Wohnzimmer. Ich ging gleich mit der Soffi in ihr Kammerl, um mein künftiges Nachtlager zu inspizieren. Weil auch meine Mama keine guten Manieren hat, hatte sie vergessen, mir zu flüstern, dass ich vorher den Onkel Gus und die Tante Annemi hätte begrüßen müssen. (Zehnmal hat mir die Anna in den folgenden Tagen vorgehalten, dass ich ein Prolo-Benehmen habe, weil ich das Pfotegeben vergessen hatte!)

Ich schenkte der Soffi eine Tafel Schokolade von der Notration, die ich mir eingepackt hatte. Damit sich ihr Knurrmagen beruhigt. Die Soffi wollte mir edelmütig ihr Bett überlassen und auf der Gastmatratze schlafen. Ich lehnte das ab. Wenn schon mies, dann ordentlich mies, sagte ich mir! Wenn schon am Boden zerstört, dann auch echt am Boden liegen!

Die Soffi gab sich wirklich Mühe, nett zu mir zu sein. Dass sie sich unheimlich freue, mich hier zu haben, versicherte sie mir dauernd. Aber meine Stimmung sank, so weit das noch möglich war, trotzdem immer tiefer in den Keller runter, denn das Fenster im Zimmer war offen, und unter dem Soffi-Fenster sind die Terrassentüren vom Wohnzimmer. Da die Terrassentüren offen standen, hörte ich die Mama mit dem Onkel Gus und der Tante Annemi reden. Ganz demütig bat meine Mama, dass der Onkel und die Tante nicht alle Erziehung, die sie an mir versäumt hat, nachzuholen versuchen. Und der Onkel Gus sagte mit Weihrauch-Stimme, dass man von mir nicht mehr verlange, als mich in die hierorts herrschende Lebensform einzufügen. Und die Tante Annemi rief empört, dass sie die Mama nicht als »Monstrum« hinstellen solle! Sie erziehe ihre Töchter bloß ordentlich! Und dann entschuldigte sich die Mama doch glatt noch dafür, dass »gutes Benehmen« leider nicht mein »allergrößtes Talent« sei! Und der Onkel Gus klärte sie darüber auf, dass es sich bei der Tugend des guten Benehmens nicht um Talentsache handle, sondern um stete Übung, angeleitet durch die Eltern. Und dann brummte es sonderlich, und die Soffi sagte, jetzt seien sie mit dem Nachtmahl fertig. Das Brummgeräusch komme vom Tischstaubsauger, mit dem ihr Vater nach dem Essen immer die Brösel vom Tischtuch saugt.

Tischstaubsauger! Zum Brösel wegmachen! Da hätte mich die Mama gleich in eine geschlossene psychiatrische Anstalt stecken können!

Den Abschied von meiner Mama brachte ich heldenhaft hinter mich. Die Mama tat mir fast mehr Leid als ich mir selber. Sie war total down und schuldbewusst. Um mich und sich darüber hinwegzutrösten, stammelte sie allerhand einander Widersprechendes daher: dass sie in München vielleicht ohnehin bald eine Wohnung finden wird, dass sie vielleicht in einer Woche wieder daheim sein wird, dass ich ja auch früher von der Schule weg könne, nach der Schlusskonferenz, wenn die Noten fix sind, dass sie deswegen mit der Schuldirektion telefonieren wird, dreimal täglich wird sie auch mit mir telefonieren, und der Papa wird sich verstärkt um mich kümmern! Das hat er ihr versprochen! Total hektisch, mehrmals im Kreis herum, plapperte sie das runter. Den Tränen nahe war die arme Frau! So wollte ich es ihr nicht noch schwerer machen und sagte bloß eiscool: »Jetzt hau schon ab, Alte!« Und unter Aufbietung meiner allerbesten schauspielerischen Fähigkeiten: »Was uns nicht umbringt, macht uns stark!« Das ist so ein Wahnsinnsspruch aus der Nazizeit, den hat meine Oma in der Volksschule lernen müssen.

Meine Mama nahm meine schauspielerische Leistung für bare Münze und entfernte sich halbwegs »aufgerichtet«. Ich war so fix und fertig, dass ich mich auf meine Gastmatratze legte und nichts als einschlafen wollte. Bevor ich das konnte, musste ich mir noch von Cousine Anna anhören, dass man mich in der morgendlichen Badezimmereinteilung zwischen sieben Uhr fünf und sieben Uhr fünfzehn eingeschoben hat und dass ich die zehn Minuten um keine Sekunde überschreiten darf, weil sie hinter mir dran und nicht gewillt sei, wegen mir beim Zähneputzen zu hudeln.

Ich erkundigte mich, ob es auch eine Klo-Einteilung gibt. Was kann man schon wissen, bei so einer Familie? Aber die Soffi sagte, so was haben sie nicht, obwohl das nötig wäre, weil die Anna den Lokus immer ewig lang besetzt hält. Die ist dauernd verstopft. Wundert mich nicht! Sie ist nämlich auch sehr geizig. Mein Papa hat in einem schlauen Buch gelesen, dass geizige Menschen oft »hartleibig« sind, weil sie gar nichts hergeben wollen, nicht einmal die unverdaulichen Reste von dem, was sie reingemampft haben!

Eine ausführliche Schilderung der folgenden Woche verkneife ich mir. Sämtliche sieben Tage waren einfach langweilig, lustlos und lästig. Jeden Morgen ging ich ungewaschen in die Schule, weil ich ein Mensch bin, der lange zum Richtig-Aufwachen und Aus-dem-Bett-Kommen braucht, ich daher immer meinen Badezimmer-Termin verpasste und eine hämische Anna vor dem Waschbecken antraf, die mir via Spiegel aus zahnpastaschäumendem Munde kund tat: »Wer nicht kommt zur rechten Zeit, warten muss, was überbleibt!« Bloß blieb da nichts »über«, denn nach der Anna war der Onkel Gus an der Reihe, und wenn der endlich fertig war, mussten wir schon abmarschieren.

Jeden Tag zu Mittag, wenn ich mit dem Lorenz – der begleitete mich immer bis zur Reihenhaus-Reihe meiner Graus-Verwandtschaft – auf dem Bankerl unter dem Kastanienbaum saß und noch ein bisschen mit ihm tratschen wollte, kam die Anna angewatschelt und rügte mit hocherhobener Erdäpfelnase: »Die Mutti schickt mich! Es ist längst ein Uhr vorbei, wir warten mit dem Essen auf dich!«

Jeden Nachmittag, wenn ich weggehen wollte, um mich mit dem Lorenz, der Polli oder der Lizzi zu treffen, sagte die Tante Annemi, dass sie im Moment die Verantwortung für mich trage und das nicht gestatten könne. Mit meinem Lotterleben müsse ich warten, bis ich wieder aus ihrer Verantwortung entlassen sei! Also, sie sagte nicht wirklich »Lotterleben«, aber sie meinte es so.

An den Abenden – ich auf dem Boden, die Soffi links von mir, drei Handbreit über mir – sagte ich mir pausenlos vor: Durchhalten – durchhalten – durchhalten! Es kann ja nimmer lang dauern! Und du bist ja eh noch prima dran! Die arme Soffi muss das mindestens noch acht Jahre über sich ergehen lassen! Obwohl es der Soffi wahrscheinlich leichter fällt, ihre Wahnsinns-Eltern auszuhalten, denn die kennt den Unterschied zu normalen Eltern nicht.

Meinen Papa sah ich in dieser Woche kein einziges Mal! Obwohl er anrief und sich mit mir treffen wollte. Ich lehnte aber ab. Ich war noch immer stinksauer auf ihn!

Am achten Tag meines Aufenthaltes im Onkel-Tanten-Haus passierte mein schicksalwendendes Vergehen. Den Anfang nahm es damit, dass die Soffi und ich Hunger hatten und in die Küche schlichen, um etwas Essbares zu organisieren. Zwischen den Mahlzeiten herrscht bei der Tante Annemi striktes Essverbot. Wohl deswegen, damit einem das merkwürdige Zeug, das sie kocht, besser schmeckt.

In der Küche stand eine Schüssel mit schönen, dunkelroten Herzkirschen. Ich nahm eine davon, vernaschte sie und zeigte der Soffi, wie man mit einem Kirschkern »zielspuckt«. Bei der zweiten Kirsche zeigte ich ihr, wie man mit einem Kirschkern »zielschnipst«; so zwischen Daumen und Zeigefinger. Die Soffi probierte es, aber sie war sehr ungeschickt dabei. So musste ich das Zielspucken und das Zielschnipsen sehr oft wiederholen und die Soffi musste es sehr oft nachmachen. Fast die ganzen Kirschen gingen drauf, bis sie es endlich perfekt kapiert hatte. Und die Küche sah aus wie ein blutiges Schlachtfeld!

Wir wollten gerade anfangen, die Kirschensauerei wegzuputzen, da kam die Tante Annemi in die Küche rein. Die Frau bekam einen Schreikrampf der hysterischen Sorte. Ich sagte ihr, dass wir ohnehin schon beim Saubermachen seien! Aber sie hörte überhaupt nicht zu! Auf mein freundliches Angebot, von meinem Geld neue Kirschen zu kaufen, ging sie auch nicht ein. Völlig unansprechbar war sie! Sie kreischte bloß unentwegt, dass wir sofort aus der Küche verschwinden sollen und dass sie sich den Kirschenstrudel, den sie zum Nachtmahl hätte backen wollen, nun abschminken kann und dass sie uns heute nimmer sehen will! Aus den Augen sollen wir ihr sofort gehen! Stubenarrest haben wir! Und der Soffi entzieht sie das Taschengeld für die nächsten zwei Wochen, damit die eine Lehre daraus zieht! Mir hätte die Furie wahrscheinlich auch gern etwas »entzogen«, aber erstens hatte sie mir ja noch nichts gegeben und zweitens wagte sie an der

Tochter ihrer Schwester anscheinend keine Spezial-Erziehungsmaßnahmen. Abgesehen davon, dass sie den Wischfetzen drohend hob, um anzudeuten, jedes weitere Wort von mir könnte sie dazu bringen, ihn auf mich niederklatschen zu lassen.

So traten halt die Soffi und ich den Stubenarrest an. Die Soffi entschuldigte sich bei mir. Alles sei ihre Schuld, meinte sie. Sie hätte wissen müssen, dass solcher Zeitvertreib in ihrer Familie nicht gestattet ist. Aber das hätte ich inzwischen ja selber wissen können! Wobei mir ein Rätsel ist, warum sich die Tante Annemi so benimmt. Das Kirschkernspucken und Schnipsen hat mir meine Mama beigebracht. Sie hat mir erzählt, dass sie mit der Tante Annemi, als sie Kinder waren, immer Turniere darin gemacht hat. Und dass die Tante Annemi meistens gewonnen hat. Wie kann es so etwas geben, dass eine ehemalige Siegerin im Kirschkern-Turnier hysterisch wird, wenn sich die nachfolgende Generation in diesem Sport ein klein wenig übt?

Bis zum Abend hockten wir im Soffi-Zimmer und schlossen eine Wette darüber ab, ob man uns zum Nachtmahl rufen wird. Die Soffi war für: Nein! Bei Vergehen, die mit Stubenarrest bestraft werden, sagte sie, sei auch »ohne Nachtmahl ins Bett« inbegriffen. Ich hielt das für eine Maßnahme aus dem vorigen Jahrhundert, die nicht einmal eine Tante Annemi anwenden würde. Dem Onkel Gus traute ich sie schon zu. Aber zum Wetten braucht man zwei gegenteilige Meinungen, also war ich für: Ja!

Keine von uns beiden gewann die Wette. Schlag sieben Uhr kam die Anna zu uns ins Zimmer. Mit einem Tablett, auf dem zwei Butterbrote und zwei Gläser Wasser waren. Also: weder zum Essen gerufen, noch ohne Nachtmahl ins Bett!

Für das, was dann folgte, bedarf es einer vorangestellten Erklärung: Meine Mama liebt Redewendungen und Sprüche enorm. Unentwegt kommt sie mit »neuen Sagern« heim. Der, der ihr gerade am besten gefällt, ist dann eine Zeit lang ihr Lieblingsspruch, den sie zu allen möglichen und unmöglichen Gelegenheiten sagt. Und den gewöhne ich mir dann ebenfalls an. Der letzte Lieblings-Sager meiner Mama, bevor sie nach München abgehauen ist, hatte gelautet: »Pardon, sprach der Igel und stieg von der Bürste!« Ich hatte mir ehrlich den tieferen Sinn dieses Satzes nicht überlegt. Bloß, dass er zu benutzen ist, wenn man etwas Falsches gesagt oder getan hatte, hatte ich kapiert.

Und da stampft also die Anna mit dem Tablett herein, knallt die Sträflingsration auf den Schreibtisch und sagt mit Oberlehrerstimme: »Hier, bitte! Kirschenstrudel gibt es ja wegen unserer lieben Cousine nicht!«

Ich fahre vom Matratzen-Lager hoch und sage: »Wegen mir? Ich wollte ja eh neue Kirschen kaufen! Von meinem Geld!«

Sie verdreht die Augen, rümpft die hochgestreckte Erdäpfelnase und spricht: »Dein Geld brauchen wir wirklich nicht!«

Ich finde als Antwort den Igel-Bürsten-Spruch passend und sage ihn.

»Wie?«, fragt die Anna, vergisst aufs Naserümpfen und glotzt hammeldumm.

Die Soffi wiederholt: »Pardon, sprach der Igel und stieg von der Bürste!«

Die Anna glotzt noch eine Sekunde, dann macht sie kehrt und stampft aus dem Zimmer.

Kaum dreißig Sekunden später reißt der Onkel Gus die Tür auf und faucht mich an, dass er sich zotige Redensarten verbitte! Wenn ihm so etwas noch einmal zu Ohren komme, könne sich seine Schwägerin eine andere Unterkunft für ihren Nachwuchs suchen! Und die Soffi habe ordinäre Sachen nicht nachzusagen, sonst setze es was!

Ich verstehe nur Bahnhof, die Soffi ist auch ganz verwirrt. Natürlich protestiere ich und sage, dass ich nichts Ordinäres gesagt habe, und die Soffi beteuert, dass sie nichts Ordinäres wiederholt hat. Da kommt die Anna angezockelt und greint: »Doch! Streitet es nicht ab! Das mit dem Igel!«

»Was soll da ordinär und zotig sein?«, frage ich und will dem Onkel Gus den Igel-Spruch aufsagen. Zu mehr als »Pardon ...«, komme ich aber nicht, denn der Onkel Gus schreit: »Halt den Mund!«

Aber so leicht lasse ich mir nicht den Mund verbieten! Bin ja nicht die Soffi! So schreie ich ihn an: »Da ist nix Ordinäres dran! Meine Mama sagt das zehnmal am Tag! Erklär mir, was da zotig sein soll!«

Er erklärt mir gar nichts, sagt bloß, mit etwas ruhigerer Stimme: »Jedenfalls sagst du das nimmer, solange du bei uns wohnst! Verstanden?«

»Nein! Verstehe ich nicht!«, sage ich. »Du kannst mich nicht zuerst beschuldigen und mir dann nichts erklären!«

Und er sagt: »Was ich kann, wirst du mir nicht vorschreiben!« Dann dreht er sich um und marschiert ab, und die Anna hinter ihm her.

Wie ich den beiden Wapplern, vor Wut kochend, nachschaue, fällt mir plötzlich ein, was an dem Igel-Bürsten-Spruch das Zotige sein muss! Dass der Igel die Bürste mit einer Igelin verwechselt hat, höchstwahrscheinlich! Das hatte ich bisher übersehen, weil ich etwas Besseres zu tun habe, als an Igel-Sex zu denken!

Ich bin wirklich keine, die – wie mein Papa es nennt – nahe am Wasser gebaut hat. Ich fange nicht leicht zu heulen an. Aber an diesem Abend schluchzte ich wie die Blöde. Weil ich mir so hilflos und machtlos vorkam. So ausgeliefert und allein gelassen! Die Soffi versuchte mich zu trösten. Ihr Papa, sagte sie, hat eh gemerkt, dass ich das Ordinäre am Igel-Bürsten-Spruch gar nicht kapiert hatte. Sonst hätte er nicht so schnell den Rückzug angetreten. Sie kennt ihn! Das ist seine Art, wenn er ungerecht gewesen ist. Echt zugeben kann er das nicht, aber morgen wird er sicher wieder nett zu mir sein, um die Anschnauzerei auszubügeln.

Nach Mitternacht – da schlief die Soffi schon, und ich hatte mir eine dicke Nase und geschwollene Augenlider angeheult – beschloss ich, dem Onkel Gus keine Gelegenheit mehr zu geben, »nett« zu mir zu sein! Keinen Tag länger, schwor ich, bleibe ich in dem Graus-Haus! Ich schlich auf Zehenspitzen in die Diele hinunter, zum Telefon. Dreimal wählte ich die Nummer vom Papa. Jedes Mal ließ ich es lange klingeln, aber niemand hob ab. Ob der Papa wirklich nicht daheim war, wusste ich trotzdem nicht. Manchmal zieht er den Telelefonstecker raus, bevor er zu Bett geht. Damit ihn niemand beim Schlafen stören kann.

Um fünf Uhr in der Früh, als die anderen alle noch schliefen, versuchte ich es wieder. Ohne Erfolg! Um halb sechs stand dann die Tante Annemi auf, da wagte ich mich nicht mehr ans Telefon.

Aber zum ersten Mal konnte ich meinen Badezimmer-Termin wahrnehmen. War auch dringend nötig. Mit sehr viel kaltem Wasser musste ich meine verweinte Nase und meine verheulten Augen traktieren, bis ich wieder halbwegs normal ausschaute.

Beim Frühstück war der Onkel Gus tatsächlich nett zu mir. Das äußerte sich darin, dass er mir die Marmelade zuschob und huldvoll sagte: »Nimm nur! Himbeer! Von deiner Tante selber gepflückt!«

Die Soffi zwinkerte mir beglückt zu, was wohl heißen sollte: Na siehst, alles ist wieder o.k.! Aber ich bin ja kein Hund, und der Onkel Gus ist nicht mein Herrl, dass ich vergnügt mit dem Schwanz wedle, wenn er geruht, freundlich zu sein!

Auf dem Weg zur Schule machte ich mit der Soffi bei allen drei Telefonhüttln Rast und probierte, den Papa daheim zu erreichen. Wieder vergeblich! »Muss ich es in der zweiten Pause versuchen«, sagte ich zur Soffi. »Knapp nach neun Uhr kommt er ins Büro, da erreiche ich ihn sicher!«

Die Soffi sagte: »Bringt doch nichts! Er hat dir doch gesagt, dass er dich nicht nehmen kann!« Die Soffi wollte mich einfach im Graus-Haus behalten. Versteh ich ja! Wenigstens eine Gleichgesinnte hat man gern unter dem Dach.

»Jetzt muss er mich nehmen!«, sagte ich. Ich war mir ganz sicher, dass der Papa einsehen wird, dass er »müssen muss«, wenn ich auf meinen Stolz verzichte und ihn anflehe. Eine echte Bitte hatte mir mein Papa noch nie abgeschlagen!

Wie auf Nadeln saß ich in der ersten Stunde. Mathe bei der Blaumeise hatten wir, und Lust, die Blaumeise zu ärgern, hatte ich nicht. Das irritierte die Dame. Alle paar Minuten schaute sie verunsichert zu mir. Um halb neun hielt ich es nicht mehr aus. »Bitte, ich muss raus, mir ist nicht gut«, sagte ich, jappelte aus der Klasse und runter in das Erdgeschoss, zum Münzautomaten. Dem Tonband, das läuft, wenn der Papa und der Co nicht im Atelier sind, teilte ich mit, dass ich den Papa um Viertel vor zehn anrufen werde und er ja nicht weggehen soll, bevor ich ihn erreicht habe, weil es urwichtig ist! Dann ging ich in die Klasse zurück und saß weiter wie auf Nadeln. Die Blaumeise schaute nicht mehr verunsichert zu mir. Die hatte ja nun eine Erklärung dafür, warum sie ohne Störung durch mich unterrichten konnte.

Meinen Freunden erzählte ich natürlich, was vorgefallen war und dass ich auf gar keinen Fall zum Onkel Gus zurückgehe. In der Zehn-Uhr-Pause begleiteten sie mich zum Telefon runter. Als wir dort ankamen, wartete eine Vier-Kinder-Schlange aufs Drankommen. Doch der Lorenz verschaffte mir den Vortritt. »Da geht es um Leben oder Tod«, rief er. Der Erst-Telefoniererin, die den Hörer gerade abgenommen hatte, entriss er selbigen und drückte ihn mir in die Hand. Während ich telefonierte, greinte die pausenlos, dass sie wenigstens ihren Telefon-Schilling zurück will!

Im Büro war nur der Co. Der sagte, dass mein Papa heute gar nicht ins Atelier kommen wird. Bis morgen hat er sich frei genommen. Er ist irgendwo in Kärnten unterwegs. Erreichen kann man ihn dort nicht, denn er hat wieder einmal sein D-Netz-Telefon auf dem Schreibtisch liegen lassen.

Mein Papa lässt das Ding gern liegen. »Unbewusst absichtlich«, sagt er. Er kann es nicht leiden.

Ob er mir helfen könne, fragte der Co.

»Leider nicht«, sagte ich, hängte den Hörer ein und gab der Greinenden hinter mir meinen Telefon-Schilling.

»Na, eine Nacht wirst dort auch noch überstehen«, meinte der Lorenz, als wir die Treppe zur Klasse raufstiegen.

Ich schüttelte stur den Kopf, wie ein käfiggeschädigter Eisbär. Eh klaro, dass eine Nacht bei der Tante noch zu überstehen gewesen wäre. Aber damals ist mir das nicht klaro gewesen. Irgendwie hatte ich mich in eine Super-Panik reingebracht und war der festen Überzeugung, elend zugrunde zu gehen, falls ich das Graus-Haus noch einmal betreten müsste.

Die Polli merkte, dass ich total verzweifelt war, und sagte, ich könnte ja heute bei ihr schlafen. Aber die Lizzi meinte, wenn die Polli ihren Eltern erzählt, warum sie mich zum Schlafen mitbringt, müssen die mich wieder wegschicken. Und wenn sie es ihnen nicht erzählt und meine Verwandtschaft schlägt Alarm, stehen die Polli-Eltern schön da! Weil man sich strafbar macht, wenn man durchgebrannte Unmündige aufnimmt. Ich weiß nicht, ob das wirklich so ist, aber jedenfalls wollte ich der Polli keine Schwierigkeiten machen und lehnte das Angebot ab.

Die restlichen drei Schulstunden überlegte ich fieberhaft, wo ich bleiben könnte, bis der Papa zurück ist. Zuerst fiel mir natürlich unsere Wohnung ein. Ich bin zwar echt nicht gern allein dort in der Nacht, weil unsere alten Fußbodenbretter vor sich hin knacken, und das hört sich so an, als würde jemand herumschleichen. Aber in meiner momentanen Lage erschien mir unser trautes Heim samt Knarr-Kulisse wie das Paradies. Und die Wohnungsschlüssel hatte ich ja in der Schultasche! Der Haken an der Idee war aber, dass die Swetlana einen Wohnungsschlüssel hatte. Zum Blumengießen und Staubwischen. Und wenn ich zu Mittag nicht bei der Tante Annemi eintreffe und am Abend auch noch nicht da bin, ist doch logo, dass sie mich daheim vermuten, zur Swetlana gehen und sich die Wohnung aufsperren lassen! Und ich bin ja nicht das siebente Geißlein, dass ich mich im Uhrkasten verstecken kann!

Dann fiel mir ein, dass der Papa einen Reserveschlüssel zu seiner Wohnung im Büro hat. Ich dachte, ich könnte ins Büro gehen und den Schlüssel heimlich an mich nehmen. Aber auch das verwarf ich, weil ich keine Ahnung hatte, in welcher der vielen Schreibtischladen der Schlüssel liegt. Und vor den Augen vom Co heimlich sämtliche Laden zu durchsuchen, das geht wohl eher nicht!

Hierauf verfiel ich auf den Gedanken, die Oma auf Mallorca anzurufen und sie zu bitten, dass sie mit dem nächsten Flieger anschwirren soll. Aber erstens wäre meine Oma an diesem Tag sicher gar nimmer bis Wien gekommen, und zweitens ist meine Oma, obwohl sonst pumperlgesund, schwerhörig. Besonders am Telefon. Und die Leitungen nach Mallorca sind nicht immer die besten. Die Oma hätte vielleicht gar nicht verstanden, was ich von ihr will.

Schließlich, in der fünften Stunde, hatte ich die Lösung! Deutschstunde war, der Huber, unser Deutschlehrer, dozierte gerade darüber, dass der gebildete Mensch nicht nur wenn er schreibt, sondern auch wenn er spricht, nicht das Perfekt, sondern das Imperfekt zu benutzen habe, da fiel mir plötzlich ein: Ich fahre nach München zur Mama! Bis ich dort bin, ist es Abend! Wenn ich dann in der Pension Fortuna vor ihr stehe, kann sie mich ja nicht einfach nach Wien zurückzaubern!

Als ob jemand meinem Gemüt Heile-heile-Segen gesungen hätte, wirkte sich mein Entschluss auf mich aus. Ganz ruhig wurde ich, kein Fuzerl Panik war mehr in mir. Daran, was nach der ersten Nacht bei der Mama sein wird, dachte ich nicht. Das, fand ich, hatte sich die Mama zu überlegen. Ein bisschen hoffte ich wohl, dass sie einfach mit mir nach Wien heimfährt und den München-Scheiß absagt.

Als die Schulglocke die fünfte Unterrichtsstunde ausgebimmelt und der Huber die Klasse verlassen hatte, verabschiedete ich mich von der Polli und der Lizzi mit je zwei Wangenküssen. Der Lorenz bekam auch einen. War übrigens der erste Kuss, den ich ihm gegeben habe. Und ich bekam von der Polli zehn Schilling, von der Lizzi fünfzehn und vom Lorenz dreißig – der ist immer gut bei Kasse –, weil ich nicht exakt wusste, wie viel Geld daheim in meiner Sparsau lagert und ob das für eine Fahrkarte nach München reicht. Von Bahnpreisen hatte ich keine Ahnung! Dann flitzte ich heim, warf die Schultasche in einen Winkel, stopfte ein paar Klamotten in meinen Rucksack, schlachtete die Sparsau, tat den kargen Inhalt in mein Geldbörsel, holte meinen Reisepass aus der Dokumentenmappe und rief den Tonbanddienst der ÖBB für die Westbahnstrecke an.

Vierzig Minuten Zeit war nur mehr bis zum nächsten Intercity nach München. Der übernächste fuhr erst am Abend. So raste ich aus der Wohnung.

Da ich aus der Sparsau wahrlich kein Vermögen geholt hatte, wagte ich nicht, ein Taxi zu nehmen, und lief zur Straßenbahn. Die war so nett, gleich angefahren zu kommen. Nach vier Stationen musste ich aussteigen und eine andere Linie nehmen. Die war weniger nett. Von einem Bein auf das andere tretend, wartete ich geschlagene neun Minuten auf sie.

Vor den Fahrkartenschaltern in der Bahnhofshalle standen die Leute Schlange. Und bis zur Abfahrt meines Zuges waren es nur noch sechs Minuten! Ich nahm meinen ganzen Mut zusammen, ging zum erstbesten Schalter und sagte zu dem Mann, der gerade an die Reihe kam: »Bitte, lassen Sie mich vor, sonst fährt mir mein Zug davon!« Der

Mann ließ mich wirklich vor. Drei Minuten später hatte ich meine Fahrkarte. Sauteuer! Bloß ein paar Silberzehner und Münzenkleinkram blieben mir.

Ich raste die Rolltreppe hoch, schaute im Rennen zur großen Tafel, wo draufsteht, welcher Zug von welchem Gleis abfährt, und spurtete dann Gleis neun zu, wobei mir noch eine japanische Groß-Reisegruppe mit einem Überangebot von Schrankkoffern den Weg verstellte. Durch die hintere Tür vom letzten Wagen konnte ich mich gerade noch zwängen, bevor sie zuschnarrte und der Zug losrollte.

Bis Hütteldorf-Hacking lehnte ich an der Klotür und verschnaufte. Dann wanderte ich langsam lokomotivewärts, durch zwei Wagen mit Erste-Klasse-Abteilen. Im dritten Wagen gab es Abteile zweiter Klasse. Ich setzte mich in eines, wo nur ein alter Herr und eine alte Dame saßen. Auf den Fensterplätzen. Doch der alte Herr stand gleich auf und sagte zu mir: »Kinder sitzen gern beim Fenster!«

Höflich dankend nahm ich seinen Platz an. Er setzte sich neben die alte Dame. Die bot mir ein Bonbon an. Das nahm ich noch höflicher dankend an. Außer einem halben Butterbrot – ohne Himbeermarmelade, weil ich mir dem Onkel Gus zum Trotz keine genommen hatte – hatte mein Magen ja heute noch nichts bekommen. Hundemüde war ich auch nach der fast schlaflosen Nacht!

Der alte Herr fragte mich: »Wo geht denn die Reise hin, so ganz allein, kleines Fräulein?«

»Nach München«, sagte ich, und weil ich dachte, dass eine nähere Erklärung günstig wäre, damit man mich nicht als Ausreißerin verdächtigt, fügte ich hinzu: »Ich fahre zur Taufe meiner Nichte. Ich habe nämlich eine erwachsene Schwester!« Und dann dachte ich, ich sollte erklären, wieso ich allein reise, und sagte: »Meine Eltern sind schon in München, weil die Entbindung so schwer war, auf Leben und Tod!« Und dann fiel mir ein, dass mich meine Eltern sicher nicht allein in Wien zurückgelassen hätten, so sagte ich: »Ich war bis jetzt bei meiner Oma!« Aber diese Oma, dachte ich, die wäre doch wohl nach München mitgekommen, zur Taufe ihrer Urenkelin, so sagte ich noch: »Aber meine Oma, die wollte nicht mitfahren, die mag den Mann meiner Schwester nicht, weil er brandrote Haare hat. Und jetzt hat meine Nichte leider auch brandrote Haare, und die Oma ist so abergläubisch und glaubt, das wird der ganzen Familie Unglück bringen!«

Ich weiß schon, dass das totaler Scheibenkleister gewesen ist, aber ich war eben so hundemüde und so durchgedreht, dass sich meine Phantasie auf Abwege begeben hat.

Ob mir das alte Ehepaar den Blödsinn geglaubt hat, weiß ich nicht. Ich zog mir die Jacke, die ich an den Haken bei meinem Sitz gehängt hatte, über den Kopf. Ich wollte den versäumten Schlaf nachholen. Fast war ich schon eingeschlafen, da durchzuckte mich ein heißer Schreckgedanke: Was tue ich an der Grenze, wenn die Zöllner fragen, wieso ich Knirps allein ins Ausland fahre? Denen kann ich keine rothaarige Nichte auftischen!

Ich aktivierte den letzten Rest Denkfähigkeit, schob die Jacke vom Gesicht, kramte den Pass aus dem Rucksack, legte ihn auf das kleine Tischchen unter dem Fenster und sagte zur alten Dame: »Bitte, wenn ich an der Grenze noch schlafe, seien Sie so nett und zeigen Sie dem Zöllner meinen Pass?«

»Dauert noch über drei Stunden bis zur Grenze«, sagte die alte Dame lachend.

»Wenn ich einmal schlafe, werde ich so schnell nimmer munter«, sagte ich. Die alte Dame lachte wieder und nickte. Ich zog mir erleichtert die Jacke über den Kopf, schloss die Augen und dachte noch: Wenn ich Glück habe, halten mich die Zöllner für das Enkelkind der alten Leute und fragen überhaupt nichts! Dann schlief ich ein.

3. Kapitel,

in welchem absolut nichts so läuft, wie es sollte, ich deshalb eine recht ungewöhnliche Nacht verbringe und am Morgen von meiner Mama so enttäuscht bin, wie ich es nie für möglich gehalten hätte.

Wie ein Engelchen schlief ich München entgegen. Munter wurde ich durch eine Männerstimme, die brummte: »Guten Tag, die Reisepässe, bitte!« Ich blieb mit dem Kopf unter meiner Jacke und bekam Herzsausen und Ohrenflattern. Aber nur sehr kurz, denn die Männerstimme brummte gleich darauf: »Danke, gute Reise.« Dann hörte ich auch schon, dass die Tür des Abteils zugeschoben wurde. Ich wollte weiterschlafen. Es gelang mir nicht, weil mein Magen irre knurrte. So kam ich aus der Jackendeckung hervor, in der Hoffnung, die alte Dame werde mir wieder Bonbons anbieten. Tat sie aber nicht. Sie fragte bloß, ob ich gut geschlafen habe und ob mich meine Eltern in München vom Zug abholen werden. Beides bejahte ich. Blöderweise! Denn als wir in München angekommen und aus dem Zug ausgestiegen waren, fragte mich der alte Herr: »Na, wo sind denn deine Eltern?«

Ich antwortete: »Die sind sicher noch gar nicht da, die kommen immer zu spät, auf die muss ich dauernd warten!«

Worauf die alte Dame sagte: »Wir bleiben bei dir, bis sie da sind. Man weiß ja nie, ob nicht irgendetwas passiert ist, und du bist noch so klein!«

Ich beteuerte, dass das wirklich nicht nötig sei, doch die Beiden bestanden stur darauf, mit mir auf meine Eltern zu warten. Das konnte ich brauchen wie die Kröte in der Bohnensuppe! Da ich aber nun ausgeschlafen war und meine kleinen, grauen Hirnzellen wieder in Ordnung waren, rief ich begeistert: »Ah, da sind sie schon!«, und deutete auf ein Ehepaar in Trachtenanzügen, das wartend in einiger Entfernung stand. Dann nickte ich meinen Reisegefährten einen Abschiedsgruß zu und lief zum Trachtenpaar hin.

Weil der alte Herr und die alte Dame aber noch ihre diversen Gepäckstücke sortierten und mich dabei im Auge behielten, musste ich notgedrungen eine Begrüßungsszene vorspielen. Das war aber nicht schwer, denn hören konnten sie mich nicht, dazu war es auf dem Bahnsteig viel zu laut.

Ich sagte zu dem Mann im Jodelfrack: »Bitte, können Sie mir sagen, wie spät es ist?«

Der Jodelfrack deutete zur großen Uhr in der Halle. »Kennst in deim Alter die Uhr no net?«, fragte er.

Ich antwortete mit traurigem Blick: »Doch, aber ich bin sehr kurzsichtig. Dreizehn Dioptrien. Und ich habe leider meine Brille zerschlagen.«

Da war der gute Mann ganz betreten und betroffen und beschämt und sagte mir, dass es fünfzehn Minuten nach neunzehn Uhr sei. Ich bedankte mich für die Zeitansage, und weil auf einmal zwischen meinen Reisegefährten und mir ein Rudel Fußballfans mit Wimpeln, Bierflaschen und eingerollten Transparenten war, wieselte ich hurtig der Halle zu. Was sich der alte Herr und die alte Dame gedacht haben, als das Fan-Rudel weg war und meine »Eltern« kinderlos dagestanden sind, weiß ich nicht. Tut mir aber ehrlich Leid, dass ich sie belügen musste, denn sie sind echt lieb zu mir gewesen.

In der Bahnhofshalle wollte ich beim *Change*-Schalter meine Silberzehner in Mark wechseln, um mir eine Wurstsemmel zu kaufen. Mein Magen rebellierte schon so arg, dass mir fast übel war. Der Mensch hinter dem Schalter war nicht bereit, die Münzen zu wechseln, schüttelte stur den Kopf und sagte: »Nur Scheine!«

Da stand ich also, ohne Wurstsemmel, ohne Geld für eine Straßenbahnkarte! Ohne Ahnung, wo diese Schellingstraße ist, ob in der Nähe oder weit weg! Und ein paar Meter entfernt von mir stand ein Bub, ein bisschen älter als ich, und starrte mich unentwegt an. Der Kerl war schon vorher, als ich mit dem Trachtenpaar geredet hatte, auf dem Bahnsteig gestanden und hatte mich angestarrt. Das nervte mich! Ich streckte ihm die Zunge raus und verließ die Bahnhofshalle.

Vor den Türen, dort, wo die Taxis anfahren, saß eine Frau auf zwei Koffern. Die fragte ich nach der Schellingstraße. Sie zeigte über den Platz zur Straßenbahnhaltestelle und wollte mir erklären, welche Linie ich nehmen müsse. Ich sagte, dass ich zu Fuß gehen wolle. Sie lobte mich. Heutige Kinder, sagte sie, hätten eh schon fast das Gehen verlernt und täten nur mehr vor dem Fernseher hocken. Dann zeigte sie mir die Richtung, die ich einschlagen müsse. Wenn ich zu einem großen Platz mit Kastanienbäumen komme, meinte sie, solle ich halt wieder jemanden fragen. Und der komische Bub stand schon wieder ein paar Meter entfernt und starrte wie der Blöde!

Ich marschierte los, der Bub ein paar Meter hinter mir her, immer im gleichen Abstand, ganz so, als würde ich ihn an einer unsichtbaren Schnur nachziehen. Was wollte denn der Kerl von mir? Irgendwie bekam ich regelrecht Angst vor ihm. Vielleicht glaubt er, dass ich mir beim *Change*-Schalter ein Vermögen geholt habe, dachte ich, und der will mich jetzt ausrauben!

Ich fing zu laufen an, wechselte zweimal die Straßenseite, ging kurz in der Passage eines Geschäfts in Deckung, lief weiter und wechselte noch einmal die Straßenseite. Dann schaute ich mich um. Der Bub war nicht mehr zu sehen. Abgehängt, dachte ich zufrieden!

Als ich auf dem Platz mit den Kastanienbäumen war, wollte ich den Verkäufer von einem Würstl-Stand fragen, wie ich weitergehen muss. Aber der war gerade mit zwei Frauen in ein Gespräch über einen Mord vertieft, welcher in der Gegend passiert war. So wartete ich. Vor mir war ein Berg Brezen! Und ich hatte doch solchen Hunger! Und die zwei Frauen und der Verkäufer schauten – dachte ich – überhaupt nicht auf mich. Und als der Tommi aus meiner Klasse damals im Supermarkt die Schokolade gestohlen und man in der Schule davon erfahren hatte, hatte die Blaumeise gesagt, sie würde es verstehen, wenn ein Kind aus Hunger stiehlt, aber der Tommi habe keinen Hunger gehabt, darum sei das verwerflich gewesen. Ich dachte: Wenn sogar die Blaumeise versteht, dass ein hungriges Kind stiehlt, kann es nicht so schlimm sein, wenn ich mir eine Breze grapsche.

Ich greife also – meiner Ansicht nach – unauffällig nach einer Breze. Kaum habe ich die in der Hand, kreischt die eine Frau: »Ja, was wär denn das? So eine kleine Kröt! Die Finger gehör'n ihr abgeschnitten!« Schon hat sie mich am Arm gepackt und hält mich fest! Ich bin stocksteif vor Schreck. Jetzt ist alles aus, denke ich mir. Doch da steht auf einmal der Bub auf der anderen Seite vom Würstl-Stand, hält dem Verkäufer eine Mark hin und sagt empört: »Überhaupt nicht stehlen wollte meine Schwester! Die ganze Zeit stehe ich da und warte aufs Zahlen!«

Der Verkäufer nimmt die Mark und ist zufrieden. Die Frau keift zwar noch weiter, dass sie genau gesehen hat, dass der Bub erst jetzt zum Stand gekommen ist, aber sie lässt mich wenigstens los. Und der Verkäufer sagt: »Hauptsach, bezahlt ist!«

Der Bub nimmt mich an der Hand und zieht mich vom Stand weg. Ich bin so erleichtert, dass ich am liebsten Purzelbäume schlagen würde. Während ich die Breze mampfe, erzähle ich meinem Retter, warum ich da bin und wohin ich will und wieso ich mir keine Breze kaufen konnte. Und er sagt mir, dass er mich kennen lernen wollte, weil ich »schön« bin, dass er sich aber nicht getraut hat, mich anzusprechen. Dann führt er mich bis zur Pension Fortuna in die Schellingstraße. Und ich danke dem lieben Gott, dass er mir den Schutzengelbuben auf den Bahnsteig gestellt hat!

Vor der Pension verabredeten wir uns für den nächsten Tag. Ich gab ihm die Telefonnummer von der Pension. Er versprach mir, mich morgen anzurufen. Die Mark, die müsse ich ihm nicht zurückgeben, sagte er, die Breze soll ich als Geschenk betrachten.

»Mach's gut!«, rief er zum Abschied.

»Mach ich!«, rief ich und ging in die Pension rein. Hinter der Eingangstür war eine kleine Halle. Dort saß hinter einem Pult, vor den Fächern mit den Zimmerschlüsseln, ein alter Portier, las Zeitung und schaute nicht hoch, als ich »Guten Tag« sagte. Vielleicht ist er schwerhörig, dachte ich und sagte sehr laut: »Guten Tag! Ich möche zur Frau Huber!«

Der Portier ließ die Zeitung sinken, linste zu den Schlüsselfächern hin und mömelte: »Ist nicht im Haus.«

»Aber sie wohnt doch hier«, sagte ich.

»Tut sie«, mömelte er.

»Ich bin ihre Tochter«, sagte ich. »Ich bin gerade aus Wien gekommen. Mit dem Zug!«

Jetzt erst schaute mich der Portier überhaupt an. Dann holte er ein Buch aus dem Pult, blätterte darin und mömelte, dass ihm meine Mama nicht gesagt habe, dass sie ab heute ein Zweibettzimmer brauche, dass gar keines frei sei und dass es nicht angehe, dass zwei Personen in einem Einbettzimmer nächtigen.

Ich wollte mich mit dem Kerl nicht länger herumplagen und bat ihn, mir den Zimmerschlüssel der Mama zu geben, damit ich im Zimmer warten kann. Aber Schnecken! Das darf er nicht, erklärte er. Da hätte ihm die Mama sagen müssen, dass ich komme und in ihr Zimmer rein darf! Er zeigte auf eine Sitzbank gegenüber vom Portierspult. Dort könne ich mich hinhocken und warten!

Ich dachte, dass meine Mama wahrscheinlich noch in der Redaktion ist, und bat, ob ich dort anrufen dürfe. Mieselsüchtig schob er mir das Telefon hin. Weil ich keine

Verbindung bekam – ich war nämlich so blöd und ließ die Vorwahlnummer, die man von Wien aus wählen muss, nicht weg –, grapschte er sich das Telefon und wählte seufzend selber und mömelte gleich darauf: »Anrufbeantworter! Die Redaktion ist erst ab morgen, neun Uhr, wieder zu erreichen!«

In der optimistischen Hoffnung, dass die Mama bereits auf dem Weg hierher sei, setzte ich mich auf die Bank, nahm eine uralte Zeitschrift vom kleinen Tisch vor der Bank, blätterte darin und wartete. Nach einer Viertelstunde kam ein junger Mann in die Halle. Recht abgehetzt. Er entschuldigte sich beim alten Griesgram »fürs Z'spätkommen«. Er habe keinen Parkplatz gefunden. Der Griesgram keppelte, dass jeder vernünftige Mensch öffentliche Verkehrsmittel nimmt, dann beugte er sich zum jungen Mann und tuschelte ihm etwas zu. Dabei schaute er zu mir. Der junge Mann nickte und schaute auch zu mir. Dann verschwand der Griesgram hinter einer Tür neben den Schlüsselfächern und der junge Mann setzte sich auf den Sessel hinter dem Pult. Da war mir klar, dass er der Nachtportier war!

Ich wartete weiter. Ein paar Pensionsgäste kamen zur Tür herein, ließen sich Zimmerschlüssel geben und stiegen die Treppe zum ersten Stock rauf. Ein paar Pensionsgäste kamen die Treppe herunter, legten Zimmerschlüssel aufs Pult und verließen die Pension. Dann war es schon neun Uhr! Ich versuchte, die Mama telepathisch anzulocken. Mama-komm-ich-bin-da, dachte ich ganz fest und konzentriert! Normalerweise glaube ich an so etwas nicht, aber in der Not wird man anscheinend gläubig. Genützt hat es nichts! Bis zehn Uhr versuchte ich es mit der intensiven Denkerei, dann gab ich auf, ging zum Nachtportier hin und fragte, wo da ein Klo sei, weil ich schon urdringend musste.

Als ich erleichtert vom Klo zurückkam, fragte der Nachtportier: »Was machen wir denn jetzt mit dir?«

Ich schwieg, weil ich auch nicht wusste, was mit mir zu machen sei. Aber dem Nachtportier fiel dann doch etwas ein. Er gab mir eine Tafel Schokolade und eine Dose Limo. Wärend ich Schokolade mampfte und Limo trank, erklärte mir der Nachtportier, dass es gar nicht sicher ist, ob meine Mutter heute noch in die Pension kommt. »Die Frau Huber schläft nämlich oft außer Haus«, sagte er. Anscheinend schaute ich ihn nach dieser Mitteilung derart entsetzt an, dass er beruhigend hinzufügte: »Muss ja nicht gerade heute der Fall sein!« Und dann schaute er mich forschend an und fragte: »Bist durchgebrannt? Aus dem Internat vielleicht?«

Ich schüttelte den Kopf und rief mit so viel Überzeugungskraft als möglich: »Aber wo denn! Ich bin nur irrtümlich früher gekommen als ausgemacht!« Richtig gelogen war das nicht, denn meine Graus-Verwandtschaft ist kein Internat und früher als ausgemacht bin ich tatsächlich nach München gefahren! Da ich aber Angst vor einem weiteren und intensiveren Verhör hatte, tat ich, als wäre ich sehr müde. Ich drückte mich in die Bankecke, schloss die Augen, versuchte ruhig zu atmen und dem Nachtportier ein friedlich schlummerndes Kind vorzuspielen; was gar nicht so leicht ist, wenn man schrecklich nervös und dazu noch verwirrt ist, weil man nicht begreift, was es zu bedeuten hat, dass eine Mama oft »außer Haus« schläft.

Wie lange ich, in die Bankecke gedrückt, die Schlafende spielte, weiß ich nicht, irgendwann schlief ich wirklich ein und träumte total irres Zeug! Dass meine Cousine Anna in der Pension Fortuna Hotelportierin ist und die Polizei anruft, damit man mich verhaftet! Und der Polizist, der kommt, schaut aus wie die Blaumeise mit Schnurrbart und sagt, ich muss für drei Jahre ins Gefängnis, weil meine Mutter außer Haus schläft!

Richtig ins Schwitzen hat mich der blöde Traum gebracht. Mit feuchten Klamotten und an der Stirn klebendem Pony bin ich aufgewacht! In der Hotelhalle war alles Licht, bis auf die Lampe am Portierspult, gelöscht. Der Nachtportier saß noch immer hinter dem Pult. Vor dem Pult stand eine Frau. Verschlafen blinzelnd dachte ich zuerst, das sei die Mama. Von hinten, der Größe und den Rundungen nach, hätte sie es sein können. Ich wollte schon aufspringen, da hörte ich ihre Stimme und blieb enttäuscht sitzen. Das war nicht meine Mama, das war eine ziemlich beschwipste Dame mit einer Kicher-Stimme, und die sagte: »Und wie ... wie ... so, lieber, lieber Herr Portier, warten's auf die Frau Huber?«

»Deswegen!«, sagte der Nachtportier und deutete zu meiner Bank. Ich schloss die Augen und nahm Schlummerhaltung ein.

»Was is dort?«, fragte die ziemlich beschwipste Dame. Ich hockte ja im dämmrigsten Winkel und war anscheinend vom Portierspult aus nicht exakt wahrzunehmen.

»Die Tochter der Frau Huber«, sagte der Nachtportier.

»Die ist aus Wien gekommen! Jetzt schlaft's! Und die Mutter, da schwör ich drauf, die hat garantiert keine Ahnung davon!«

Ich hörte Stöckelschuhschritte näher kommen, roch Bier und spürte warmen Atem im Gesicht. Die beschwipste Dame hatte sich über mich gebeugt und betrachtete mich anscheinend eingehend. Dann richtete sie sich wieder auf, was ich dem Nachlassen des Biergeruchs und des warmen Atems entnahm, und sagte: »Die Huber kommt heut garantiert net, die schlaft bei … ihrem Dingsda … wissen's eh … der Dingsda … der, wo sie immer abholt.« Und dann voll Erleuchtung: »Bertram … Bertram heißt der Dingsda!«

»Haben Sie dem seine Telefonnummer?«, fragte der Portier.

»Ich?« Die beschwipste Dame kicherte. »Ich doch net! Ist ja net mein Dingsda!«

Dann jammerte der Nachtportier, dass er mich nicht auf der Bank übernachten lassen könne, dass er wahrscheinlich längst die Polizei hätte anrufen sollen, dass er mich auf gar keinen Fall im Zimmer der Mama schlafen lassen könne, das habe ihm der Tagportier verboten. Und dass er sich außerdem mit den diesbezüglichen Gesetzen nicht auskennt, weil er ein Nachtaushilfsportier ist, der keine Ahnung hat! Er ist Germanistik-Student, und so was lernt man an der Uni nicht!

»Jetzt machen's daraus keine Staats … aff … affär«, sagte die beschwipste Dame. »Des mach ma einfach so, dass ich die Kleine zu mir ins Zimmer nehm, und wenn ihnen wer … nachher … deswegen … blöd kommen sollt

… sagen's … ich hätt g'sagt … dass des zwischen mir und der Frau Huber so abg'sprochen is!«

Dann waren wieder der warme Atem und der Biergeruch über mir und eine Patschhand auf meiner Schulter und eine Patschhand auf meiner Wange, erstere Patschhand rüttelte und zweite tätschelte, die beschwipste Dame sagte: »Aufwachen, Spatzl, ich bin die Susi … die Susi bin ich! Und du gehst jetzt mit der Susi in die Heia!«

Ich gab vor, langsam zu erwachen, blinzelte und gähnte. Die Dame Susi zog mich von der Bank hoch, nahm mich an einer Hand und meinen Rucksack in die andere und stöckelte der Treppe zu. Der Nachtportier schaute uns mit gerunzelter Stirn nach und rief: »Das ist sicher nicht legal! Da bin ich mir sicher, dass das sicher nicht legal ist!«

Die Dame Susi murmelte: »Ob's legal is, is mir do Wurscht, Hauptsach, es is richtig!« Sie stolperte mit mir die Treppe hoch und warnte mich dabei: »Aufpassen, dass d'net hinfallst!« Aber in Gefahr hinzufallen war eher sie! Weil sie beim Gehen einen ausgesprochenen Linksdrall entwickelte. Hätte ich sie nicht kräftig nach rechts abgestützt, wäre sie auf dem Weg zu ihrer Zimmertür etliche Male mit dem Schädel an die Wand geknallt. Beim Aufsperren der Tür musste ich ihr auch helfen, weil sie das Schlüsselloch ein paar Zentimeter zu weit links vermutete.

Ich hatte schon befürchtet, mit der Dame Susi ein Einzelbett teilen zu müssen, aber gottlob war im Zimmer ein Doppelbett, was ich erleichtert feststellte, als ich das Licht angeknipst hatte.

In vino veritas steht auf einem alten Weinkrug, den mein Papa in seiner Krüge-Sammlung hat. Auf deutsch heißt das: Im Wein liegt die Wahrheit. Für Bier dürfte das auch gelten! Wäre die Dame Susi nicht so bierbeschwipst gewesen, hätte sie mir sicher nicht erzählt, was sie mir erzählte, während sie sich ihrer Kleidung entledigte. Ich erfuhr nicht nur, dass die Mama im Zimmer nebenan wohnt und das Zimmer der Mama winzig klein ist, sondern auch, dass das der Mama nichts ausmacht, weil sie ohnehin nur selten da schläft. Sie schläft meistens beim Bertram Dingsda, der entweder Dingsdorfer oder Dingshofer oder Dingsmeier heißt. Und dass meine Mama wegen diesem Dingsdorfer-hofer-meier den Job beim Päng angenommen hat! Weil sie den liebt! Und ihn öfter sehen wollte als einmal im Monat für einen Tag, wenn er aus München nach Wien gekommen ist!

Das war ja nun ein fetter Hund! Damit trösten, dass mir die Dame Susi beschwipsten Plunder erzählt, konnte ich mich nicht. Diesen Bertram-Dingsda kannte ich nämlich! Dingenberg heißt er. Als »netten deutschen Kollegen« hatte ihn mir die Mama vorgestellt, als er vor gut einem Jahr bei uns zu Besuch gewesen war. Einen abscheulichen schweinsrosa Kunstplüschteddy hatte er mir als Geschenk mitgebracht. Als er gegangen war, hatte ich zur Mama gesagt, das sei kein netter Kollege, sondern ein gezierter Lackaffe. Ein paar Mal hatte die Mama dann noch erwähnt – wenn ich mir recht überlege, tatsächlich jeden Monat einmal –, dass dieser Bertram wieder in Wien sei und dass sie mit ihm »und anderen Kollegen« am Abend ausgehe. Einmal, an einem Nachmittag, hatte sie mir auch vorgeschlagen, mit ihr und diesem Bertram zum Kaffeetrinken an die Alte Donau zu fahren, doch ich hatte das abgelehnt. »Verschon mich mit dem Lackaffen«, hatte ich gesagt. Davon, dass die Mama in den verliebt ist, hatte ich echt nichts gemerkt! Wahrscheinlich hat sie es mir verschwiegen, weil ich ihn gleich beim ersten Treffen als Lackaffen abgekanzelt habe. Aber das ist ja noch lange kein Grund, mir auch zu verschweigen, dass sie wegen ihm nach München will! Und mir vorzulügen, dass sie ihren Job verlieren könnte und dass dieses Päng eine tolle Chance für sie ist und dass es ihr drum geht, dass sie mehr Geld verdient, damit wir wohlhabend werden! Hätte ich gewusst, warum sie wirklich nach München will, hätte ich garantiert keine Skrupel gehabt, mich dagegen zu wehren! Wegen einem Lackaffen kann nicht einmal die Mama verlangen, dass ich mir mein Leben versauen lasse!

Wem solch bittere Gedanken durch den Kopf gehen, der kann nicht einschlafen. Noch dazu, wenn links von ihm die Dame Susi schnarcht, als hätte sie eine angestellte Motorsäge verschluckt. Außerdem hatte ich ja schon im Zug und auf der Bank in der Halle geschlafen. So lag ich hellwach auf der rechten Bettseite und hatte als einzige Abwechslung zur eintönigen Schnarcherei das Schlagen einer Kirchturmglocke, die mir brav mitteilte, wenn wieder eine Viertelstunde um war.

Nachdem mir die Kirchturmglocke zwei Uhr verkündet hatte, hörte ich vom Flur her ein Geräusch. Wie Schritte. Ich dachte, das könnte meine Mama sein. Ich schlich auf den Flur und klopfte leise an die Tür vom Nachbarzimmer, doch hinter der Tür rührte sich nichts.

Laut klopfen traute ich mich nicht. Damit ich die anderen Pensionsgäste nicht aufweckte. So wanderte ich zurück zu meiner schnarchenden Dame Susi. Als es vier Uhr war, hörte ich wieder Geräusche auf dem Flur draußen und war sicher, dass da jemand eine Zimmertür zuerst aufgemacht und dann zugeschlagen hatte. Ich schlich wieder raus und klopfte an die Nachbartür. Wieder rührte sich nichts. Dann fiel mir ein, dass ja unten, am Schlüsselfach, eindeutig festzustellen ist, ob die Mama heimgekommen ist. Nummer 11 stand auf der Nachbartür. War kein Schlüssel im 11er-Fach, musste die Mama da sein und hörte bloß das leise Klopfen nicht!

Auf Zehenspitzen stieg ich die Treppe zur Halle hinunter. Die Lampe auf dem Pult brannte, aber der Nachtportier saß nimmer auf seinem Stuhl. Der hatte sich wo zur Ruhe begeben. Ich ging zu den Schlüsselfächern. Im 11er-Fach lag der Zimmerschlüssel. Ein Zettel steckte auch darin. Zuerst dachte ich, der Nachtportier habe der Mama bloß aufgeschrieben, dass ich bei der Dame Susi nächtige. Aber auf dem Zettel stand – und mir fuhr der heiße Schreck von der Nasenspitze bis in die kleinen Zehen: *Annemi bittet dringend um Rückruf*. Dreimal untereinander stand das, daneben die Uhrzeit, wann der Anruf gekommen war. Zum letzten Mal hatte meine Tante um ein Uhr zehn angerufen.

War ja blöd, dass ich damit nicht gerechnet hatte! Ist ja logo und klaro, dass man die Mutter anruft, wenn das Kind abhanden gekommen ist! Aber hätte ich mir, bevor ich auf und davon bin, alles genau überlegt, hätte ich es wahrscheinlich überhaupt bleiben lassen. Jedenfalls brachte mich der blöde Zettel wieder in Panik. Ich dachte: Bald wird die Kuh zum vierten Mal anrufen und den Nachtportier aufwecken. Und wird ihm sagen, warum sie anruft. Und der wird ihr sagen, dass ich hier bin, aber meine Mama nicht da ist! Und dann passiert irgendetwas ganz Fürchterliches!

Jetzt, so hinterher überlegt, ist das natürlich blanker Blödsinn. Was hätte denn schon arg passieren sollen? Aber nach einer durchwachten Nacht, nach einer Eröffnung über die Falschheit einer Mutter, nach einer Fastverhaftung wegen Brezendiebstahl, nach einer hungrigen Bahnfahrt, nach einer überstürzten Flucht sieht man das halt anders!

Ich raste die Treppe rauf und ins Dame-Susi-Zimmer, nahm das Telefon vom Nachtkastel und trug es ins Bad. Die Telefonschnur war gerade so lang, dass ich das Telefon auf den zugedeckten Klodeckel stellen und die Tür zumachen konnte. Ich wählte die Nummer vom Papa und schickte ein Stoßgebet zum Himmel, dass er jetzt daheim sein möge! Mein Stoßgebet wurde erhört. Nach dem dritten Klingeln hob er ab. Ich sagte ihm, dass er mich sofort, aber wirklich sofort, holen muss! Weil die Mama nicht da ist und ich bei einer Dame im Zimmer bin, die furchtbar schnarcht! Und die Tante Annemi gleich wieder anrufen wird! Und die Mama nicht wegen dem Päng, sondern wegen dem Dingsda in München ist!

Der Papa hat zuerst nur Bahnhof verstanden. Als er endlich kapiert hat, was los ist, hat er glatt angefangen, sich darüber zu empören, wieso ihn die Tante Annemi noch nicht über mein Verschwinden informiert hat, und dass das eine Gemeinheit ist, weil er schließlich der Vater ist und ein Recht darauf hat. Ich habe ihn nicht ausreden lassen, sondern ihm gesagt, dass er sich sofort ins Auto setzen muss! Weil ich von diesem Scheiß-München weg will! Sofort-sofort! Wenn er dazu nicht bereit ist, will ich von ihm auch nichts mehr wissen! Und weil ich schon so fixi-foxi-fertig war und mit den Nerven total runter, habe ich wie ein Schlosshund zu heulen angefangen, und der Papa hat gesagt, dass er eh schon Unterhose und Socken in der Hand hat und anbrausen wird, schnell wie die Feuerwehr, und dass ich inzwischen bloß nicht total durchdrehen soll!

Als ich mit dem Telefon wieder ins Zimmer reinkam, war die Dame Susi munter. Mein Schluchzen, sagte sie, hat sie geweckt. Völlig platt war sie darüber, dass sie ein Kind im Zimmer hat! Aber mit ein bisschen Nachhilfe meinerseits konnte sie sich dann doch daran erinnern, dass – und warum – sie mir ihr halbes Doppelbett spendiert hatte. Ich sagte ihr, dass mich mein Papa heimholen wird.

»Recht hast«, sagte sie. »Wenn ich einen Papa hätt, der mich holen würd, tät ich mich auch von hier wegholen lassen!« Dann meinte sie gähnend, dass mein Papa sicher nicht vor acht, halb neun Uhr hier sein kann. Auch nicht, wenn er wie die Feuerwehr fährt. Und dass wir zwei bis dahin noch einen »kleinen Schönheitsschlaf« einlegen könnten. Ich solle mich hinlegen und die Augen schließen und dran denken, dass jetzt eh wieder alles in Butter ist.

Ich befolgte brav die Anweisung, und da die Dame Susi jetzt nimmer schnarchte, sondern nur leise vor sich hin röchelte, schlief ich wirklich ein. Ob ich mich »schön schlief«, weiß ich nicht, denn als ich wieder aufwachte, klopfte schon der Papa an der Tür und begehrte Einlass, und die Dame Susi sprang kreischend aus dem Bett und flüchtete ins Bad rein, weil sie sich mit ihrem »Hangover« (so heißt auf englisch, wie man ausschaut und sich fühlt, wenn man am Abend vorher zuviel getrunken hat) von keinem Mann anschauen lassen wollte, und ich war mit einem Satz bei der Tür, riss sie auf und fiel dem Papa um den Hals; hatte also keine Zeit, mich eingehend im Spiegel zu betrachten.

Der Papa und ich saßen im Frühstückszimmer der Pension und genehmigten uns ein üppiges Morgenmahl, da kam die Mama angedampft. Völlig aufgeregt! Die war in der Früh vom Dingsda in die Redaktion gefahren. Dort hatte auch schon ein Bitte-um-dringenden-Rückruf-Zettel von der Tante Annemi auf sie gewartet. Gerade als sie mit Zitterfingern die Nummer der Tante Annemi hatte wählen wollen, hatte das Telefon geklingelt, und die Dame Susi hatte ihr gesagt, dass ich in der Pension bin und mein Papa vor fünf Minuten ebenfalls dort eingetroffen ist.

Der Papa sagte der Mama gleich, dass er mich nach Wien mitnehmen wird! Die Mama sagte, das sei ganz unmöglich, der Papa müsse doch arbeiten.

»Du vielleicht nicht?«, sagte ich zu ihr und könnte nicht behaupten, dass mein Ton freundlich gewesen sei. Und damit von vornherein Klarheit herrscht, fügte ich dran: »Zur Tante Annemi geh ich nimmer! Keine Minute mehr!«

»Die tät dich eh nimmer nehmen«, seufzte die Mama. »Ich habe grad telefoniert mit ihr!«

Dann sagte die Mama, dass sie mich ja, bis sie eine Wohnung gefunden habe, bei einer befreundeten Familie unterbringen könnte, wenn nicht die verdammte Schule wäre. Und dann sagte sie, dass wir sie für einen Augenblick entschuldigen sollen, sie muss telefonieren, sie hätte für zwölf Uhr einen wichtigen Termin, den muss sie nun verschieben. Aber der Papa sagte, sie soll ruhig zu ihrem Termin gehen, er und ich, wir fahren jetzt eh gleich nach Wien zurück. Ich nickte sehr zustimmend.

Die Mama redete noch ein bisschen herum. Wieder von der befreundeten Familie, bei der ich wohnen könnte. Und dass wir in der Schule eine Krankheit vormogeln könnten. Ich schüttelte stur und ablehnend den Kopf. Da sagte die Mama sogar, dass sie ja noch keinen fixen Vertrag mit dem Päng habe, wenn es für mich gar nicht anders ginge, werde sie »alles hinschmeißen«. Dabei machte sie aber ein Gesicht, als hätte sie in allen vier Weisheitszähnen den Wurzelschmerz.

»Bleib nur bei deinem Dingsda!«, schleuderte ich ihr entgegen. »Bist ja auch wegen ihm hergekommen!«

»Wer ist der Dingsda?« Die Mama tat völlig irritiert.

Ich legte die totale Verachtung in meinen Blick und sagte: »Na, dein Lackaffe, der Kollege Bertram!« Wobei ich das »Kollege« speziell betonte.

»Aber Schatzl, woher hast so einen Unsinn?« Die Mama tippte sich mit einem Zeigefinger an die Stirn. Und ich tippte mit einem Zeigefinger auf den Bauch der Dame Susi, die gerade an unseren Tisch herangekommen war und kichernd fragte: »Na, ist die Familienzusammenführung gelungen?«

Die Mama warf ihr einen vergrämten Blick zu, der Papa einen freundlichen. »Dankschön fürs Quartier, das Sie meiner Tochter gewährt haben!«, sagte er, und die Dame Susi flötete kichernd, dass sie mir den kleinen Gefallen jederzeit wieder erweisen würde.

»Und dank schön für die Aufklärung, die du meiner Tochter gewährt hast«, keifte die Mama giftig.

»O Gotterl!« Die Dame Susi hob bedauernd die Schultern. »Hab in meinem Dusel übersehen, wo's Jugendverbot anfängt!« Dann machte sie kehrt und stöckelte aus dem Frühstücksraum. Die Mama schaute ihr nach und seufzte. Der Papa legte der Mama eine Hand auf die Schulter und sagte: »Mach kein Drama aus der Sache! Wird ja möglich sein, dass ein Vater seine Tochter zwei Wochen lang hütet, oder?«

Die Mama seufzte wieder.

»Und in zwei Wochen, wenn die Ferien anfangen, wirst du deine Lage ja – so oder so oder anders – geklärt haben.« Der Papa beklopfte aufmunternd die Schulter der Mama.

Die Mama seufzte wieder, aber diesmal nickte sie dabei. Ich wollte im Moment gar nicht darüber nachdenken, wie dieses »so oder so oder anders« aussehen wird. Im Moment war ich einfach saufroh, aus München wegzukommen. Noch dazu ohne Streit mit der Mama! Bei mir ist das nämlich leider so, dass ich Streit mit meiner Mama nicht gut aushalte; auch dann nicht, wenn ich auf sie wütend und von ihr enttäuscht bin.

4. Kapitel,

in dem ich mir eine erwachsene Freundin anlache und aus lauter Feingefühl und Hundeliebe in die totale Klemme gerate und mein Papa etwas komplizierter ist, als ich gedacht hatte.

Es ist echt wahr: Einen Menschen lernt man erst richtig kennen, wenn man mit ihm zusammenlebt! Auch den eigenen Vater! Zum Beispiel hatte ich, bevor ich in Papas Loft einzog (so nennt man eine Wohnung, die aus einem Raum besteht, in dem leicht vier Zimmer unterzubringen wären), nicht geahnt, dass der Mann beinahe ein neurotischer Pedant ist und ausflippt, wenn wo ein dreckiger Teller rumsteht, auf dem zwei harmlose Stubenfliegen ihren Hunger stillen. Er holt auch sofort den Staubsauger und kurvt mit Schlauch und Düse durch die Gegend, wenn ein einziger Staubwuwer über den Teppich schwebt! Sein irrstes Neurosesymptom: Er zieht sich einmal wöchentlich einen langen Gummihandschuh über die rechte Hand und säubert mit einem Extraschwamm die Klomuschel unten-innen, dort, wo man, von wegen Knie im Abfluss, mit der Klobürste nicht hinlangt!

Dass mein Papa weniger Kritik verträgt als meine Mama, habe ich auch erkennen müssen. Ist doch klaro, dass ich stinksauer auf ihn bin, wenn er verspricht, mich zu Mittag von der Schule abzuholen und mit mir essen zu gehen, und ich schlage deswegen eine Einladung vom Lorenz auf ein Eissalon-Eis aus – sehr schweren Herzens und nur, um den Papa nicht zu vergrämen –, und dann kommt mein werter Erzeuger angebraust, hat eine Fertig-

Pizza im Auto, überreicht mir die und sagt, dass er einen wichtigen Termin hat und ich heimfahren und mir die Pizza aufwärmen soll! Richtig empört war er, dass ich das nicht friedlich zur Kenntnis genommen habe. So einem arg beschäftigten Mann wird doch einmal etwas dazwischenkommen dürfen! Deswegen kann man ihn doch nicht gleich zur Schnecke machen! Dazu noch wegen eines lächerlichen Eissalon-Eises!

Als ob es mir um das Eis gegangen wäre und nicht um den Lorenz! Aber wahrscheinlich hat mein Papa das damals nicht kapiert, weil ich irrsinnig selbstbeherrscht war und nicht gejammert habe, dass mir durch das Wohnen bei ihm die Freizeit verhunzt ist.

Wenn man fast eine Straßenbahnstunde von der Schule und den Freunden entfernt wohnt, lässt sich gemeinsam kaum etwas unternehmen. Höchstens, wenn man es echt plant. Aber der Lorenz ist noch nie ein großer Planer gewesen und war immer für Spontanideen. Doch ich habe leider nichts davon gehabt, wenn er mich zehn Minuten nach drei Uhr angerufen und gesagt hat, dass er im Bad ist und ich hinkommen soll, weil es ohne mich stinklangweilig ist. Aber er kann leider nur bis halb fünf bleiben, dann muss er in die Klavierstunde. Eine Stunde zum Bad fahren und eine Stunde wieder heim, nur um den Lorenz eine halbe Stunde zu sehen, wäre ja Unsinn gewesen! Aber wenn ich ihm das am Telefon gesagt habe, hat er mich »fades Stück« genannt und war beleidigt.

Fast jeden Vormittag in der Schule habe ich hören müssen, dass die Lizzi und die Polli und der Lorenz am Nachmittag vorher zusammen gewesen sind. Hat sich so ergeben! Ist ihnen halt danach gewesen, und mich haben sie nicht angerufen und eingeladen, weil es eh um »nix Besonderes« gegangen ist. Am bittersten war für mich, dahinter zu kommen, dass der Lorenz und die Lizzi zweimal miteinander im Kino gewesen sind! Angeblich haben sie einander dort »zufällig« getroffen, aber an solche Zufälle kann nur ein Obernaivling glauben, wenn die beiden die Zufälle geheimhalten und man nur zufällig draufkommt! Es hätte aber gar nicht dieser aufgedeckten »Zufälle« bedurft! Ich habe auch so gespürt, dass es zwischen dem Lorenz und mir nimmer wie früher ist. Und zwischen der Lizzi und mir auch nimmer. Bloß mit der Polli und mir war noch alles o.k.

Übrigens habe ich auch kapieren müssen, dass das Liebesleben meines Vaters ein weit abgründigeres ist, als ich angenommen hatte. Angenommen hatte ich nämlich nicht viel, denn der Papa hatte immer so getan, als habe er nichts als hin und wieder eine »Flamme«, mit der er ein bisschen flirtet. Und ansonsten lebt er mönchisch!

Nicht nur, dass gleich am ersten Abend, als wir hundemüde von München angekommen waren, viermal hintereinander das Telefon klingelte und der Papa viermal einem »Liesi-Hasi« erklärte, dass er heute wirklich nicht »abkömmlich« sei und auch nicht wisse, ob er es morgen sein werde, und jedes der vier Telefongespräche mit »Aber ich dich doch auch!« beendete – was garantiert eine verschämt-verkürzte Antwort auf eine Liebeserklärung gewesen ist! Es kam noch sehr viel dicker. Am zweiten Tag im trauten Papa-Heim, gegen fünf Uhr am Nachmittag, läutete es an der Wohnungstür. Ich dachte: Das wird endlich der Papa sein! Der wird beide Arme voll Tragetaschen mit Sachen für das Nachtmahl haben und keine Hand frei, um die Schlüssel aus der Hosentasche zu holen!

Ich lief zur Tür und öffnete. Da stand zwar wer mit Tragetaschen in beiden Armen, aber es war keineswegs der Papa. Es war eine hübsche Dame, und aus der einen Tragetasche schaute der Griff von einem Schirm-Knirps, aus der anderen die Spitze von einem Hausschlapfen.

Da die sehr hübsche Dame zu mir sagte: »Du bist sicher die Feli!«, war nicht anzunehmen, dass sie irrtümlich eine falsche Klingel erwischt hatte. Ich gab also die Wohnungstür frei und ließ sie in die gute Stube.

Die hübsche Dame ging zur Sitzbank, warf die prall gefüllten Tragetaschen drauf und sagte seufzend: »Dein Papa ist sichtlich nicht da, dabei hat er mir versprochen, ab vier Uhr daheim zu sein!«

»Mir auch!«, sagte ich und seufzte gleichfalls.

Die Tragetaschen kippten um. Der Hausschlapfen, etliche aufgerollte Sockenpaare, zwei Unterhosen, ein Taschentuch, ein kleiner Kalender und ein Miniwecker fielen zu Boden, ein Nassrasierer plumpste nach, ein gestreiftes Pyjamahosenbein baumelte hinterher.

»Ich bin die Marina«, sagte die hübsche Dame. »Das sind Sachen, die deinem Papa gehören. Seit Wochen will er sie von mir abholen. Aber das schafft der Herr sichtlich nicht!«

Um meine leichte Verwirrung zu verbergen, bückte ich mich nach dem Papa-Kram, hob ihn auf und stopfte ihn in die Tragetaschen zurück, wobei ich feststellte, dass in denen, nebst Knirps und zweitem Hausschlapfen, noch eine Flasche Rasierwasser, eine Krawatte, Spielkarten, Sodbrenntabletten, ein Kugelschreiber, Pokerwürfel und zwei Paar Hosenträger ruhten. Eine Zahnbürste sichtete ich ebenfalls!

Die Marina setzte sich neben die beiden Tragetaschen. »Störe ich?«, fragte sie.

Ich schüttelte den Kopf.

»Dein Papa hat mir erzählt, dass du bis zum Schulschluss bei ihm wohnen wirst«, sagte sie.

Ich nickte.

»Und nachher ziehst nach München?«, fragte sie.

Ich zuckte vage mit den Schultern und war dankbar, dass sie nicht fragte, ob das »ja« oder »nein« heißen soll.

»Muss urschwer sein«, sagte sie. »Wie ich in deinem Alter war, sind wir vom dritten Bezirk in den neunten gezogen. Schon deswegen habe ich gelitten wie ein Schwein.« Dann fragte sie mich, ob ich den Eissalon drei Ecken weiter kenne. Der habe das beste Mangoeis in der ganzen Stadt.

Ich kannte den Eissalon noch nicht.

Die Marina lud mich ein, mit ihr in den Eissalon zu gehen. Ich nahm die Einladung an. Nicht, um das beste Mangoeis der ganzen Stadt kennen zu lernen, sondern um dem Papa zu zeigen, dass ich »selbständig« etwas unternehme, wenn er nicht zur ausgemachten Zeit heimkommt!

Im Eissalon – das Mangoeis war wirklich Spitze – bekam ich heraus, dass die Marina bis vor einem Monat die Freundin vom Papa gewesen ist und dann wegen dieser Liesi-Hasi »abserviert wurde«. Dass sie Keramikerin ist, erzählte sie mir auch. Mit eigenem Atelier, mit zwei Töpferscheiben.

Töpfern hat mich schon immer interessiert. Aber nicht die Baby-Art, wo man aus lauter Tonwürsten etwas zusammenpickt, das immer windschief wird. So fragte ich die Marina, ob ich auf ihren Töpferscheiben einmal ein bisschen probieren dürfe. Sie sagte sofort zu. Gleich morgen könne ich kommen, wenn ich Zeit hätte. Ich fand das superprima!

Mein Papa fand es weniger superprima. Das passe ihm schon überhaupt nicht, motzte er. Es sei doch sonderlich, wenn seine Ex-Freundin mit seiner Tochter Freundschaft schließt! Er wünsche die Marina in nächster Zeit nicht zu sehen, er sei allergisch gegen die Frau!

»Na schön«, sagte ich grinsend und griff zum Telefon. »Rufe ich sie halt an und teile ihr mit, dass du gegen sie allergisch bist und es sonderlich findest, wenn …«

Der Papa riss mir das Telefon aus der Hand. »Spinnst?,« rief er. »Wie willst mich denn hinstellen?«

»So wie du bist!«, sprach ich gelassen.

Da lenkte der Papa ein. Na schön, meinte er, ich könne ja bei der Marina töpfern lernen, wenn ich das so sehr möchte. Aber ich möge diese Marina-Freundschaft nur »außer Haus konsumieren«.

Das konnte ich ihm leicht zusagen, denn die Marina hatte ohnehin keine Lust, meinen Papa zu »konsumieren«!

Aber so kleine Problemchen mit dem Papa – und auch der Gram über den Lorenz – waren echter Pipifax gegen die

Sauerei, die ich mir ahnungslos einbrockte und die mir eine Woche vor dem Schulschluss ein Erlebnis einbrachte, das ich echt nie mehr im Leben haben möchte!

Es fing damit an, dass mich auf dem Heimweg von der Schule, als ich aus der Straßenbahn ausgestiegen war und dem Papa-Haus zuwanderte, ein Bub ansprach. Einer in meinem Alter ungefähr. Der Bub war mir regelrecht unsympathisch! Dass ich mich trotzdem von ihm heimbegleiten ließ, hatte drei Gründe:

Erstens war ich traurig, dass ich in der Papa-Gegend kein Kind kannte, und hatte daher reges Interesse, einen »Bodenständigen« kennen zu lernen.

Zweitens war der Bub schockhässlich, direkt unappetitlich, und an diesem Tag hatten wir gerade mit unserem Religionslehrer, der ein furchtbar lieber Mensch ist, besprochen, dass man nicht nur zu denen nett und lieb sein soll, wo einem das Nett- und Liebsein leichtfällt, sondern auch zu denen, wo man sich damit schwer tut. Denn die haben es besonders nötig.

Drittens hatte dieser Bub einen Hund an der Leine. Einen jungen Dackel. Und ich steh wahnsinnig auf Hunde! Und werde, bevor ich erwachsen bin, nie einen eigenen haben, weil weder die Mama noch der Papa Hunde-Fans sind. So suche ich eben dauernd Kontakt zu fremden Hunden!

Maxi hieß der bodenständige, schockhässliche Bub mit dem Dackel. Den ganzen Weg bis zum Papa-Haus durfte ich den Hund an der Leine führen. Aber als mir dieser Maxi knapp vor dem Haustor einen Arm um die Schulter legte, schüttelte ich den Arm wieder ab. So nett und lieb, dachte ich mir, muss man zu denen, wo einem das Nett- und Liebsein schwer fällt, auch wieder nicht sein.

Am nächsten Tag wartete dieser Maxi schon bei der Straßenbahnhaltestelle, als ich ausstieg. Wieder mit Hund. Diesmal nicht mit dem Dackel, sondern mit einem gefleckten Mischling der riesigen Art. Irgendwie kam er mit dem Vieh nicht zurecht. Dauernd zog der Riesenhund von ihm weg. Der wollte partout in die andere Richtung. Das kam mir komisch vor. Dann wurde es noch komischer. Der Riesenhund knurrte diesen Maxi an. Mit gefletschten Zähnen. Bitterböse! Da ließ dieser Maxi die Leine los und der Hund flitzte davon. Und dieser Maxi rief hinter ihm her: »Renn zu, du blödes Biest!«

Der Hund verschwand um die nächste Ecke, und dieser Maxi wollte mich, seelenruhig, als ob nichts passiert wäre, weiter heimbegleiten. Und fragte mich, ob ich zu Hause einen Video-Recorder habe und ob er auf dem seine Super-Horror-Kassette abspielen könne. Die Kassette hatte er anscheinend unter seiner Jeansjacke, denn er klopfte, während er mich fragte, auf die linke Brustseite. Ich sagte zu diesem Maxi, dass er zuerst einmal seinen Hund suchen muss! Den kann er doch nicht einfach davonlaufen lassen!

»Jetzt scheiß dich net gleich an«, sagte dieser Maxi und lachte wie der Blöde. »Der findet von allein heim!« Dann drängte er wieder darauf, sich bei mir zu Hause das Super-Horror-Video »reinziehen« zu dürfen. Einen Arm wollte er mir auch wieder um die Schultern legen.

Ich log ihm vor, meine Eltern erlauben garantiert nicht, dass ich am Nachmittag fernschaue, und dass ich außerdem auch keine Zeit habe, weil ich in einer Stunde beim Zahnarzt sein muss. Dann sprintete ich in rekordreifem Tempo dem Papa-Haus zu. Der Maxi brüllte hinter mir her, dass er morgen zu Mittag wieder bei der Haltestelle auf mich warten wird.

Drei Tage noch wartete dieser Maxi bei der Haltestelle. Ich sah ihn jedes Mal schon von weitem an der Haltestellentafel lehnen, duckte mich auf meinem Sitz und fuhr bis zur nächsten Haltestelle. Obwohl mein langer Heimweg dadurch noch um zehn Minuten länger wurde. Doch ich wollte mit dem komischen Kerl nichts mehr zu tun haben. Noch dazu, wo der schon wieder einen anderen Hund an der Leine gehabt hatte. Einen schwarzen Spaniel!

Kein Mensch hat drei Hunde. Drei so verschiedene! Und geht dann immer nur mit einem davon spazieren! Ich war mir ganz sicher, dass da etwas oberfaul ist. Ich hatte auch einen bestimmten Verdacht. Meine Mama hatte mir einmal erzählt, dass mein Onkel Tobi, als er noch ein Bub gewesen ist, zusammen mit seinem Freund im Park einen Hund »entführt« hat. Dann haben er und sein Freund als »redliche Finder« der verzweifelten Besitzerin den Hund zurückgebracht, und die hat ihnen aus Dankbarkeit einen Finderlohn gegeben.

Das, dachte ich mir, tut dieser Maxi auch. Aber nicht bloß einmal im Leben, wie mein Onkel Tobi, sondern tagtäglich. Und einen, der sich so sein Taschengeld verdient, den wollte ich mir möglichst vom Leib halten!

Eine Woche vor Schulschluss dann bin ich mit dem Papa daheim und widme mich, unter seiner Anleitung, dem

Haushalt. Das heißt: Er wäscht das Geschirr ab, ich trockne es ab – obwohl das Humbug und verschleuderte Kraft ist. Die Mama und ich, wir haben unserem Geschirr immer Zeit gelassen, von alleine zu trocknen. Aber ich habe das dem Papa nicht gesagt, weil er sonst wieder irgendetwas Abfälliges über die Mama und ihre nicht vorhandenen hausfraulichen Qualitäten gesagt hätte; und das mag ich nicht. Während der Papa die Teller so emsig schrubbt, als müsste er die Porzellanmalerei wegkriegen, und ich die geschrubbten Teller schön brav poliere, reden wir über mein Lorenz-Problem. Der Papa tröstet mich und meint, dass es nicht viel zu bedeuten hat, wenn der Lorenz mit der Lizzi ins Kino geht. Ich, sagt er, sei eben jetzt »weit weg vom Schuss«, und Männer, auch die ganz jungen, sind bequem! Die nehmen leicht den Spatzen in der Hand für die Taube auf dem Dach! Allerdings, sagt er, wenn es die Lizzi drauf anlegt, mir den Lorenz auszuspannen, habe sie im Moment die günstigere Position. Aber dagegen könne man ja etwas unternehmen!

»Wie wär's«, fragt er, »wenn wir den Knaben für morgen in den Prater einladen? Wurstelprater zieht immer!«

Ich sage empört: »Ich erkaufe mir doch dem Lorenz seine Liebe nicht!«

Und da sagt der Papa: »Apropos kaufen! Hast du die Batterien für den Wecker besorgt?«

Hatte ich nicht. Total verschwitzt hatte ich den Auftrag. Weil mir das dumme Tellerabtrocknen ohnehin so langweilig ist und weil es eh erst Viertel vor sechs Uhr ist und weil ich nett zum Papa sein will, aus Dankbarkeit für seine Anteilnahme an meinem Liebesproblem, sage ich: »Mach ich schnell! Das Elektrogeschäft hat noch offen!«

Ich grapsche mir das Geldbörsel und flitze ab. Wie ich um die Ecke sause, dem Elektroladen zu, pralle ich direkt in den Maxi rein. Der hat schon wieder einen anderen Hund an der Leine. Einen mopsmäßigen! Der Maxi packt mich am Oberarm, hält mich fest und fragt: »Was hast gegen mich? Warum steigst nicht aus der Straßenbahn, wenn ich auf dich wart? Glaubst, ich bin blöd und seh nicht, dass du drin bist?«

Ich sage: »Nix hab ich gegen dich! Aber jetzt hab ich es eilig. Die Geschäfte sperren gleich zu.« Ich will weitergehen, aber der Maxi lässt mich nicht los, und er ist viel stärker als ich und ich kriege meinen Arm nicht frei.

»Lass mich sofort los!«, fauche ich ihn an.

»Ich möcht aber mit dir gehen!«, sagt er und lockert seinen Griff kein bisschen.

»Ich aber nicht mit dir!«, schreie ich ihn an und trete ihm gegen ein Schienbein, weil ich es schon überhaupt nicht haben kann, dass mich wer festhält.

Der Maxi verzieht, von wegen Schienbeintritt, das Gesicht, aber los lässt er nicht. Dann sagt er: »Wegen die Hund ... die gehören gar nicht mir. Die führ ich nur aus. Für alte Frauen mit kranken Haxen, die nimmer mit ihre Viecher spazieren gehen können.«

»Ach so«, sage ich und schäme mich ziemlich für den Verdacht, den ich gegen ihn gehabt habe. Und weil der mopsmäßige Hund an meinen großen Zehen, die aus den Sandalen rausschauen, emsig herumschleckt – was sehr kitzelt –, fange ich zu kichern an. Der Maxi lässt meinen

Arm los. Ich hocke mich zum Hund und kraule ihn zwischen den Ohren. Das gefällt dem so, dass er zu sabbern anfängt wie ein Wasserhahn mit kaputter Dichtung und dicke Schleimfäden aus seinem Maul hängen.

»Gehn ma in den Park rüber!«, sagt der Maxi.

Ich kraule weiter den Hund und erkläre dem Maxi, dass ich jetzt nicht in den Park gehen kann, dass ich Batterien für den Wecker kaufen und dann schnell wieder heimgehen muss. Aber wenn er mich den Hund an der Leine führen lässt, sage ich, kann er mit mir in den Elektroladen gehen und mich dann heimbegleiten.

»O.k.«, sagt der Maxi. »Aber gehn ma schon!«

Ich richte mich auf, wische mir die angesabberten Pfoten am Hosenboden und lasse mir die Leine aushändigen. Kaum habe ich die in der Hand, schaut der Maxi ganz aufgeregt und schreit: »Renn! So renn schon!«

»Warum soll ich rennen? Wohin soll ich rennen?«, frage ich völlig perplex, aber da ist der Maxi schon losgejappelt und galoppiert dem Park zu, und näher kommend und dabei kreischlaut werdend, schrillt es mehrstimmig: »Aufhalten, den Buben! Aufhalten, den Gauner!«

Doch die Leute, an denen der Maxi vorbeispurtet, halten ihn nicht auf. Die schauen ihm bloß mauloffen nach, bis er im Park verschwunden ist. Bevor ich richtig zum Überlegen komme, was das zu bedeuten hat, sind je eine Frau rechts und links von mir und ein Mann ist hinter mir. Die eine Frau reißt mir die Hundeleine aus der Hand, die andere Frau schimpft auf mich ein. So Nettigkeiten wie: Rotzpipen, Saumensch, verdorbene Kreatur und Hundsgfrast. Der Mann fasst mir von hinten in die Haare, packt eine dicke Portion meiner Ringellocken und reißt daran wie ein Wahnsinniger! Dann schreit die Frau, die mir die Leine entrissen hat: »Polizei, Polizei! Wo ist denn da ein Polizist!« Die Frau, die mich so ordinär beschimpft hat, schreit: »Immer wenn ma einen von die Spinatwachter braucht, is keiner da!« Und der Mann, der meinen Skalp traktiert, scheit: »'s Kommissariat ist eh um dic Ecken herum, bringen wir des Luder hin!«

Es war der helle Irrwitz! Der grausliche Skalpgrapscher schob mich vor sich her, die Straße runter, um die Ecke, zum Polizeikommissariat. Die beiden Weiber flankierten mich rechts und links, der Mopsmäßige wuselte kläffernd hinterher. Mir kullerten die Tränen über die Wangen, weil der Mann ganz gemein meinen Kopf hin und her beutelte, nach vorne stieß und zurückzerrte und mir dabei jede Menge Haare ausriss. Was die Weiber währenddessen alles keiften, weiß ich nicht mehr genau. Ich erinnere mich nur mehr an: »Und so ein Gfrast is no net strafmündig, dem kann bei unsere deppatn Gesetze no gar nix passiern.« Und: »Gar net großziehn sollt ma so einen Gschrappn!« Und: »Angst und bang könnt einem werden um a Welt, wo solche Kreaturen die nächste Generation sind!«

Ich habe versucht, den Dreien zu erklären, dass ich mit dem Maxi und dem Hund nichts zu schaffen habe; denn dass die ganze Aktion mit dem Mopsmäßigen etwas zu tun haben muss, war mir inzwischen klar. Die drei Furien haben mich nicht reden lassen. Sooft ich auch nur ein Wort gesagt habe, haben die zwei Weiber »Pappn halten!« gekeift, und der Mann hat noch wilder an meinen Haaren gezerrt.

Jedenfalls hätte ich nie gedacht, dass man von ganzem Herzen erleichtert sein kann, wenn man auf dem Kommissariat zwei Polizisten – einer männlich, einer weiblich – übergeben wird! Wie Schutzengel sind mir die erschienen. Ausreden haben sie mich auch lassen. Nur geglaubt haben sie mir leider nicht. Zuerst haben sie gesagt, ich soll besser gleich zugeben, dass ich zu der Kinderbande gehöre, die in der Gegend Hunde stiehlt und an einen »fahrenden Händler« liefert, der die Viecher an Labors verkauft, die Tierversuche machen!

Ich war darüber so entsetzt, dass ich nichts als »Nein-nein-nein, wirklich nicht« stammeln konnte. Dann ist die Polizistin – eigentlich war die eine Kriminalbeamtin, sie hat auch keine Uniform angehabt – mit mir in ein anderes Zimmer gegangen, wo wir allein waren. Da kann ich besser reden, hat sie gemeint. Ich konnte da wirklich besser reden und habe ihr ganz genau erzählt, wie das mit diesem Maxi gewesen ist. Jetzt hat sie mir geglaubt, dass ich kein Mitglied der Kinderbande bin, aber dass ich nicht weiß, wie dieser Maxi mit Familiennamen heißt und wo er wohnt, hat sie mir noch immer nicht abgenommen. Einen Vortrag über »falsche Kameradschaft« hat sie losgelassen. Als sie dann kapiert hat, dass ich erst eine Woche beim Papa wohne, war sie zu neunzig Prozent von meiner Unschuld überzeugt. Dass man in sieben Tagen nicht alle Kinder im »Kretzl« kennen lernt, hat ihr eingeleuchtet. Die restlichen zehn Prozent meiner Glaubwürdigkeit ergaben sich dadurch, dass sie mich nach meinem Papa ausfragte und ich ihr über ihn Auskunft gab. Da fiel ihr ein, dass sie den Papa »flüchtig« kennt. So ein seriöser, wohl situierter Mensch mit Loft, BMW und Design-Atelier, meinte sie, wird keine Lügnerin zur Tochter haben, dafür sei mein »Milieu« zu gut. Gerecht ist diese Meinung zwar nicht, aber in der Lage, in der ich war, fand ich sie goldrichtig!

Schließlich rief die Polizeibeamtin den Papa daheim an und sagte ihm, dass sich seine Tochter auf dem Kommissariat befindet und er sie abholen soll.

Der Papa war etwas kreidebleich im Gesicht, als er ankam. Demütigst nickend wie der Sarotti-Neger (Neger soll man ja nicht sagen, aber »Sarotti-Schwarzer« klingt auch blöd), nickte und nickte er vor sich hin und murmelte »jawohl-jawohl-jawohl«, als ihm die Polizeibeamtin riet, besser auf mich aufzupassen, damit ich nicht wieder unschuldig in einen Schlamassel gerate. Er soll mich, sagte sie, über die Schlechtigkeiten, die es in der Welt gibt, ordentlich aufklären. Es bringt nichts, wenn Kinder naiv bleiben und von jedem das Beste annehmen!

Auf dem Heimweg vom Kommissariat meinte der Papa, dass es ihm unmöglich gelingen könne, mich im Blitzschnellverfahren über alle Schlechtigkeiten der Welt aufzuklären, und dass er mich deshalb die ganze nächste Woche wie seinen Augapfel hüten werde! Auch wenn er nicht weiß, wie er dann mit seiner Arbeit zurechtkommen soll. Aber schließlich hat er bis Schulschluss die Verantwortung übernommen, da kann er »mich nicht mir selber« überlassen, sonst passiert wieder was! Oder noch Ärgeres! Er verstieg sich sogar zur Behauptung, wahrscheinlich wäre es wirklich besser, Kinder so zu erziehen, wie es die Tante Annemi tut, denn die Anna oder die Soffi käme garantiert nie in so einen Schlamassel, die hätten gar keine Chance dazu! Zu seiner Ehre sei gesagt: Diese Ansicht hat er gleich hinterher widerrufen.

Ich versuchte den Papa zu beruhigen. »Kannst dich echt drauf verlassen, dass ich in so was nicht mehr verwickelt werde«, schwor ich ihm. »Großes Ehrenwort!«

Der Papa ließ sich nicht beruhigen. »Nein, nein«, sagte er, »jetzt hole ich dich jeden Tag von der Schule ab! Könnte leicht sein, dass dir der Hunds-Kerl auflauert und sich an dir rächen will, weil er meint, dass du ihn bei der Polizei verpfiffen hast!«

»Jetzt mach aber halblang!«, rief ich. »Wir leben in Wien und nicht in einem Krimi!« Ich bin wahrlich kein speziell tapferes, wagemutiges Kind. Aber dass dieser Maxi garantiert nicht die Absicht hatte, sich zu rächen, war ich mir sicher. Der war verknallt in mich! Bis über beide Ohren! Der wollte mit mir »gehen«! So einer tut einem doch nichts an!

Gerade als ich das dem Papa klarmachen wollte, waren wir beim Haustor angekommen, und hinter dem Haustor standen die Hausbesorgerin vom Papa-Haus und die Frau, die unter dem Papa wohnt, und die zwei jammerten los: »Na, dass Sie endlich da sind! Gleich hätten wir die Feuerwehr gerufen! Das ist ja net zum Aushalten! Der Gestank! Und jetzt raucht's auch schon unter Ihrer Wohnungstür raus!«

»O Gott! Das Kraut!«, schrie der Papa. Er wartete nicht, bis ich den Lift runtergeholt hatte, sondern rannte die Treppe hoch. Wie der rasende Roland muss er über die achtundachtzig Stufen rauf sein, denn als ich mit dem Lift oben ankam, stand die Wohnungstür sperrangelweit offen und der Papa war schon in der Wohnung drinnen.

Kotzgräulich stank es aus unserem trauten Heim! Rauchschwaden schwebten gemächlich zur Wohnungstür raus und das Treppenhaus runter!

Mein Papa stand in der Küchenecke und fluchte so ordinär, wie ich das bei ihm nicht für möglich gehalten hätte. In den Händen, abgesichert durch zwei Topflappen, hielt er einen Kochtopf. Aus dem kamen die Rauchschwaden. Er stellte den Kochtopf in den Abwasch und drehte das Wasser auf. Da zischte es ganz gewaltig und dampfte derart aus dem Topf, dass der Papa im Rauch verschwand. Ich konnte ihn nimmer sehen, nur mehr sein Geklage war zu hören: »Der schöne, teure Topf! Der ist hin! Und die Krautfleckerln auch!«

Der Papa hatte, während er auf meine Rückkehr vom Elektroladen gewartet hatte, angefangen, Kraut für unsere Nachtmahlkrautfleckerln zu dünsten. Der Anruf der Polizistin hatte ihn dermaßen geschockt, dass er vergessen hatte, vor dem Weggehen die Kochplatte abzuschalten.

Eine Stunde lang haben wir mit zwei Handtüchern die Stinkluft zu den Fenstern rausgewachelt, dann sind wir auf eine Pizza zum Italiener gegangen. Als wir heimgekommen sind, hat es immer noch ein bisschen gestunken. In den Winkeln vor allem. Für einen Menschen mit Normalnase war es auszuhalten. Bloß hat mein armer Papa eine Superspürnase! Er hat bis Mitternacht gejammert, dass ihm vom angebrannten Krautgestank übel ist. Meiner Meinung nach war ihm aber übel, weil er vor der riesigen »Pizza al Tonno« eine Mozzarella mit Basilikum, ein

Schüsserl voll Oliven und zwei ganze Stangen Brot gegessen hat und nach der Pizza ein Riesen-Tiramisu. Und hinterher hat er noch drei Gläser Grappa getrunken, weil ihm der Wirt den Grappa »auf Kosten des Hauses« serviert hat! Und der Papa hat gesagt, dass man das erstens nicht ablehnen darf, weil man den Wirt sonst kränkt, und dass er zweitens auf den Schreck wegen meiner »Arretierung« sowieso eine hochprozentige Stärkung braucht.

Wir haben also die ganze Nacht über alle Fenster offen gelassen, damit der angeblich unausstehliche Geruch abzieht; was mir eine fast schlaflose Nacht beschert hat, denn abgesehen davon, dass es auf der Straße vor dem Papa-Haus auch in der Nacht total laut ist, hat der Papa gesagt, dass ich das Licht abdrehen muss. Sonst lockt mein Nachtlicht Scharen von Insekten an. Und ich kann nur wirklich gut schlafen, wenn ein Licht neben meinem Bett brennt. Ich weiß, das ist nicht normal, aber ich kann es nicht ändern.

Apropos Bett! Ich habe vergessen zu erwähnen, dass ich in der Papa-Wohnung kein richtiges Bett hatte. Ich schlief in der großen Hängematte, die der Papa einmal aus Südamerika mitgebracht und in einem Winkel der Wohnung montiert hat. Der Papa hätte ja für mich eine Matratze besorgen wollen, aber erstens habe ich gemerkt, dass er ein Matratzenlager als »Verunzierung« seiner Loft-Innenarchitektur ansieht, und zweitens hat es mir ohnehin Spaß gemacht, mich sanft in den Schlaf zu schaukeln. Ist nämlich echt ein Supergefühl. Als wäre man ein Baby in der Wiege.

Die Hängematte als Bettstatt fand ich also völlig o.k.

Aber weniger o.k. fand ich, dass mein Papa immer wieder ganz speziell betonte, dass sie »für zwei Wochen« ein zumutbares Nachtlager sei. Klang peinlich intensiv danach, als ob er mich nicht vergessen lassen wolle, dass ich zwei Wochen lang bei ihm wohnen dürfe, aber keinen Tag länger! Das kränkte mich natürlich. Noch dazu, wo ich total darüber im Unklaren war, wie es mit mir nach dem Schulschluss weitergehen wird.

Ich rief meine Mama in München nämlich überhaupt nimmer an, und wenn sie am Abend bei uns anrief, ließ ich sie mit dem Papa reden und verdrückte mich aufs Klo oder ins Bad und rief raus, dass ich im Moment leider nicht an den Apparat kommen könne und später zurückrufen werde; was ich aber jedes Mal »vergaß«. Zweimal allerdings hob ich selber den Hörer ab, als die Mama am anderen Ende der Leitung war. Doch da blieb ich jedes Mal wortkarg und fragte nicht nach, und meine Mama brabbelte bloß schuldbewusst und verlegen Unklartext und absolut nichts Konkretes über ihre und meine nähere Zukunft.

Damals redete ich mir ein, ich tue das, weil ich auf die Mama wegen ihrem verschwiegenen »Dingsda« noch immer stinksauer bin. Aber in Wirklichkeit verhielt ich mich wohl eher so, weil ich nicht wissen wollte, was mir für die Ferien blühte. Ich bin schließlich die leibliche Tochter meiner Mutter und habe mit ihren Genen von ihr geerbt, alles unangenehm Drohende weit fern von mir zu halten!

Klar war bis zum allerletzten Schultag eigentlich bloß, dass meine Mutter noch keine Wohnung gefunden, aber auch nicht beschlossen hat, den Päng-Job aufzugeben und heimzukommen! Und halbklar war, dass sie den »Dingsda« immer noch liebte. Das wusste ich von der Soffi. Die hatte gelauscht, als die Tante Annemi mit dem Onkel Gus darüber geredet hatte. Die Tante Annemi, hat mir die Soffi durchs Telefon posaunt, »betet zu Gott« und hält der Mama beide Daumen, dass »aus der Sache was wird«! Weil der »Dingsda« ein solider, wohlhabender Mann ist, der das Leben meiner Mama »in geordnete Bahnen lenken könnte«. Aber so ganz genau habe ich das nicht mitgekriegt, denn die Soffi hatte ja »Feli-Verbot«. Der Umgang mit mir war ihr untersagt worden. Vor einer, die von Tante und Onkel abhaut, muss man sein Kind schützen! Könnte ansteckend sein, so ein Verhalten! Nicht einmal von zu Hause traute sich die Soffi mit mir zu telefonieren. Vom Telefonhüttel bei der Siedlung rief sie mich jedes Mal an. Und mehr als einen Schilling konnte sie bei ihrem knappen Taschengeld nie investieren, also bekam ich nur Bruchstücke der Bruchstücke mit, welche die Soffi erlauscht hatte.

5. Kapitel,

in welchem ich einem Wahnsinnsanschlag gegen meinen Leib und mein Leben entgehe und meinen Papa zu einem Schritt bewege, den er nur schweren Herzens und mir zuliebe tut.

Am Zeugnistag war ich schrecklich nervös. Nicht wegen der Noten. War eh klar, was ich zu erwarten hatte. Nichts Übles übrigens. Nicht einmal die Meise und der Hollander, das muss man gerechterweise sagen, ließen ihren Groll gegen mich in der Wissensbewertung aus. Nervös war ich, weil nun die »zwei Wochen« beim Papa um waren und er mir am Abend vorher gesagt hatte, die Mama wird ihn morgen Vormittag im Büro anrufen. Bis dahin wird sie alles geklärt haben!

Mit einem mulmigen Gefühl saß ich also in der Schule und hörte mir die Abschlussansprache der Blaumeise an, die diesmal eine Kürze-Würze-Rede war. Nach knappen zwanzig Minuten hatten wir die grünen Wische in den Pfoten und waren mit guten Erholungswünschen (»Aber bitte, nicht nur vor dem Fernseher sitzen, sondern an die frische Luft gehen!«) in die Ferien entlassen.

Nun hatte ich aber dem Papa gesagt, dass die Zeugnisverteilung sicher eine ganze Stunde dauern und ich um zehn Uhr oder ein bisschen später den Schultempel verlassen werde. Weil mich der Papa nämlich abholen wollte.

Jetzt stand ich bereits zwanzig Minuten nach neun vor der Schule! Der Lorenz, die Polli und die Lizzi beschlossen, in den Eissalon zu gehen, um den Ferienanfang zu feiern. Und mein Papa ist immer ein Zuspätkommer. Und es ist niemandem zuzumuten, eine Stunde vor der Schule zu warten! O.k., ich hätte ihn anrufen können, daran habe ich halt nicht gedacht. Ich habe mir gedacht, es geht sich leicht aus, dass ich schnell auf ein Eis mitgehe. Der Lorenz hat mir auch versprochen, dass er mich auf seinem Rad zur Schule retour bringt. Mit dem Lorenz hatte ich nämlich am Zeugnismorgen, bevor die Blaumeise in die Klasse gekommen war, ein Vier-Augen-Gespräch, in dem er mir geschworen hatte, dass er nur mich mag und ich »blöd bin«, wenn ich denke, er mag die Lizzi lieber! Die ist ihm schnuppe! Sie biedert sich bloß an bei ihm und er ist eben höflich und kann sie nicht einfach abschieben! Und so bin ich halt mit in den Eissalon.

Wir haben XX-Large-Vanille-Heiße-Himbeere verschlungen und über die Ferien geredet. Die anderen haben genau gewusst, wie sie die Ferien verbringen. Wann sie in Wien sein werden, wann sie auf Urlaub fahren. Und wohin. Die Polli hat wenigstens gewusst, dass sie nirgendwohin fahren wird. Nur ich musste auf alle diesbezüglichen Fragen mit den Schultern zucken! Der Lorenz fragte mich, wann ich das endlich erfahren werde. Er muss das wissen, damit er die Kurzbesuche bei Omas und Tanten auf dem Land so einplanen kann, dass es seine üppige Freizeitgestaltung mit mir in Wien möglichst wenig stört. Statt dass ich drauf geantwortet hätte, dass ich es in einer halben Stunde vor der Schule vom Papa erfahren werde, sagte ich: »Keine Ahnung!« Und dann, als es gleich zehn Uhr war und der Lorenz fragte, ob er mich nun zur Schule fahren soll, sagte ich plötzlich – und Ehrenwort, das kam auch für mich wie aus heiterem Himmel: »Ich hab mir's anders überlegt! Fahr mich zur Marina!«

Den ganzen Weg über, vom Eissalon bis zum Haus der Marina, hockte ich verbotenerweise als Sozius auf dem Lorenz-Radl und sagte mir, dass ich total plemplem und übergeschnappt bin! Der Lorenz sagte es mir auch. Er sagte: »Dein Papa wird sich schön wundern, wenn er sich die Haxen in den Bauch steht und du kommst nicht!« Er sagte: »Hätten wir ja wenigstens an der Schule vorbeifahren und ihm Bescheid stoßen können!« Und er fragte: »Warum willst du dich denn nicht mit ihm treffen?«

»Einfach so halt«, gab ich ihm zur Antwort. Und: »Weiß ich selber nicht!« Und dann noch: »Weil ich da was zum Töpfern angefangen habe, das trocknet sonst aus.« War natürlich der totale Blödsinn! Ich war bloß wieder am Fernhalten und Rausschieben und wollte so lange wie möglich nicht wissen, wie meine Mama »die Situation geklärt« hatte.

Die Marina wunderte sich, als ich bei ihr einmarschierte. Wir waren ja nicht verabredet. Sie aß gerade ein »spätes« Frühstück und lud mich ein, teilzunehmen. Das Frühstück war ein üppiges. Mit Schinken und Eiern und Orangensaft und Kiwis und Toast und Honig und Käse. Wir futterten auf der Terrasse. Die Marina hat ein wunderschönes Haus, mit einem großen Garten dahinter. Selber verdient, mit der Töpferei, hat sie das nicht. Beim Töpfern wird man nicht reich. Aber sie hat »gestopfte« Eltern, die haben ihr das Haus geschenkt. Das Auto auch. Und wenn sie ein sündteures Kleid haben will, braucht sie das nur ihren Eltern zu sagen, die kaufen es ihr sofort. Aber die Marina freut sich darüber nicht sehr. So wird sie nie richtig erwachsen und selbständig, sagt sie. Doch die Seelenstärke, das Geld ihrer Eltern abzulehnen, hat sie nicht. So ist sie in einem Zwiespalt, der zwar ein Luxuszwiespalt ist, aber auch nicht sehr lustig.

Wir waren gerade bei den Kiwis, als Vitamin-Abschluss, angelangt, da klingelte es an der Haustür, die Marina ging nachschauen und kam mit meinem Papa zurück.

Mensch, war der Mann bös und wild!

Eine Stunde, fauchte er mich an, japple er nun wie der Flocki hinter mir her! Zuerst zum Eissalon, weil er eh vermutet hatte, dass ich mir mit den anderen Deppen wieder so was ungesundes Eiskaltes in den Magen jagen werde! Dort habe er erfahren, dass ich auf dem Radl vom Lorenz weg bin! Zu zweit auf einem Radl! Der helle Wahnsinn, wenn das noch einmal passiert, kann ich was erleben, falls ich es überhaupt erlebe, weil man da leicht dabei hopsgeht! Und dann ist er zum Lorenz heim. Der hat ihm gesagt, wo ich zu finden bin.

Nicht einmal zu uns an den Tisch setzen wollte er sich. Wie einen Häftling wollte er mich abführen. Wahrscheinlich auch deswegen, weil er mit der Marina nicht hat reden wollen. Aber die Marina blieb ganz locker und lud ihn auf eine Tasse Kaffee ein, und da setzte er sich dann doch zu uns, und ich entschuldigte mich höflich für das »Missverständnis«. Ich hätte die Verabredung mit ihm glatt vergessen, mogelte ich ihm vor. Und dann, vielleicht weil die Marina jetzt bei mir war, beschloss ich spontan, dem Fernhalten und Rausschieben ein Ende zu machen. Ich fragte: »Hat dich die Mama schon angerufen?«

Der Papa nickte.

»Was hat sie gesagt?«, fragte ich.

Der Papa seufzte. »Das mit der Wohnung, die sie in Aussicht hatte, ist doch nichts geworden.«

»Jetzt kommt sie heim?«, fragte ich hoffnungsvoll.

Der Papa schüttelte den Kopf. »Nein, den Vertrag mit diesem Päng hat sie fix unterschrieben.«

»Und?« fragte ich.

Der Papa wetzte ganz komisch auf seinem Sessel hin und her. Wie einer, der urdringend auf den Lokus muss. Mir schwante nichts Gutes.

»Und?«, wiederholte ich.

»Tja«, sagte der Papa und wetzte weiter, »das ist halt in München nicht so leicht, und wie gesagt …«

Die Marina unterbrach ihn: »Red nicht herum, die Feli will wissen, wie es mit ihr weitergeht!«

Der Papa hörte zu wetzen auf, schaute mich an und nickte. »Also fürs Erste«, sagte er, »hat dich deine Mutter für sechs Wochen in einem Camp in England angemeldet.«

Ich sprang auf, so schnell, dass zwei Kaffeetassen umkippten, und schrie: »Spinnt sie? Das kann sie sich abschminken! Nie-nie-nie mehr fahr ich in so ein Camp! Das habe ich ihr vorigen Sommer gesagt, wie ich zurückgekommen bin aus dem verdammten Lager! Und dir hab ich's auch gesagt!«

So ein Camp ist wirklich das Letzte! I-gitt-i-gitt-Essen, noch i-gitt-i-gittere Betreuer, und überhaupt reicht mir

Schule in der Schulzeit, in den Ferien brauch ich das nicht auch noch.

»Aber, schau ...« Der Papa stellte die Kaffeetassen wieder ordentlich hin. »Du musst doch einsehen, dass ... also dass ...« Sichtlich wusste er selbst nicht, was ich einsehen sollte.

Ich stemmte die Arme auf den Tisch, warf dem Papa einen tödlichen Blick zu und sprach: »O.k.! Zwingt mich ruhig zum Hinfahren! Hau ich halt von dort ab! Ich bin von der Tante Annemi desertiert, ich schaffe es auch vom Camp!«

Dann lief ich ins Haus rein, in die Töpferwerkstatt, setzte mich zu einer Töpferscheibe und traktierte einen Tonklumpen, dass die Tonfetzen nur so durch die Gegend flogen. Gut hören, was mein Papa und die Marina redeten, konnte ich trotzdem, denn die Fenster waren offen.

Die Marina sagte: »Darf ich fragen, warum die Feli nicht weiter bei dir bleiben kann?«

Der Papa sagte: »Bei mir? Den ganzen Sommer? Unmöglich, ich muss schließlich arbeiten!«

Die Marina sagte: »Sie hat bisher bei ihrer Mutter gelebt, die hat auch immer arbeiten müssen!«

Der Papa sagte: »Und für den August habe ich schon den Urlaub fix gebucht!«

Die Marina sagte: »Das Kind ist reisefähig! Abgesehen davon, kann man einen Urlaub auch stornieren!«

Und dann hielt sie ihm einen längeren Vortrag darüber, dass meine Mama, seit sie vom Papa geschieden ist, wohl auch auf allerhand hat verzichten müssen, und dass sie es ganz »sauber beschissen« findet, wenn ein Mann sich groß was drauf einbildet, seine Tochter zwei Wochen lang zu betreuen. Als Schlusssatz schleuderte sie ihm entgegen: »Aber bitte, wahrscheinlich ist von einem Mann nicht mehr zu erwarten!«

Ich war kolossal ergriffen von der Ansprache. Aber dass sie Wirkung zeigen wird, hatte ich nicht erwartet. Tat sie aber! Der Papa kam zu mir rein, bat mich, mit der »Tonschleuderei« aufzuhören – weil ihn mehrere Tonbatzln getroffen hatten –, und verkündete, dass ich nicht ins Camp müsse! Ich könne bei ihm bleiben! Nur müssten wir da vorher ein Abkommen treffen!

In den ersten Teil des Abkommens einzuwilligen, fiel mir nicht schwer. Ich müsse tolerieren, verlangte der Papa, dass er zwei-, dreimal die Woche am Abend weggehe. O.k., das war einzusehen und nicht weiter auszudiskutieren. Teil zwei zuzustimmen, fiel mir allerdings schwerer. Ich dürfe nichts dagegen haben, wenn der Papa »eine liebe Freundin« in den August-Urlaub mitnimmt! Dass es sich bei der lieben Freundin um diese Liesi-Hasi handelt, ist mir natürlich klar gewesen. Und gegen die hatte ich, ohne sie je gesehen zu haben, einiges. Von wegen ewigem Telefon-Gesäusel mit dem Papa! Aber was hätte ich tun sollen? Leichter zu ertragen als ein Camp in England, dachte ich mir, wird sie sein. Ich wäre wahrscheinlich sogar bereit gewesen, dem Teufel seine Großmutter mit in den Urlaub zu nehmen, um nicht in so ein Englisch-Lern-Lager-mit-Morgensport zu müssen! Ich nahm also beide Bedingungen des Abkommens mit Handschlag an und war ehrlicher Seele bereit, sie einzuhalten! Superfair noch dazu!

Darum wehrte ich mich auch nicht, als mir der Papa zwei Tage später vorschlug, diese Liesi-Hasi kennen zu lernen; obwohl mir schon auf der Zunge lag, zu sagen, es reiche, zu Urlaubsantritt ihre Bekanntschaft zu machen!

Zu einem »kleinen gemeinsamen Mittagessen«, hatte der Papa erklärt, habe er die Liesi-Hasi eingeladen. Erst als wir ein paar Ecken vor dem Restaurant das Auto parkten, sagte er: »Du … nur dass du nicht erschrickst … eventuell bringt die Liesi … vielleicht … ihren Sohn mit!«

»Warum könnte mich das erschrecken?«, fragte ich vorsichtig und Ungemach witternd.

»War nur eine blöde Redewendung«, murmelte der Papa, nahm mich an der Hand und strebte dem Restaurant zu.

»Wie alt ist er denn?«, fragte ich.

»Drei!«, antwortete der Papa.

»Dreijährige Stöpsel haben in einem Restaurant nichts verloren«, sagte ich. Was eigentlich nicht meine Meinung ist, aber das hatte mein werter Vater am Abend vorher in der Pizzeria gesagt, als ein kleiner Winzling am Nachbartisch ins nervende Quengeln verfallen war.

»Ja, ja«, seufzte der Papa. »Aber sie wollt halt, dass ihr Kinder einander kennen lernt!«

Ich blieb stehen. »Soll ich vielleicht mit einem Dreijährigen Freundschaft schließen?«, rief ich empört.

»Du sollst bloß die nächste Stunde manierlich über dich ergehen lassen, sonst gar nichts!« Der Papa zog mich weiter. Vor der Tür vom Restaurant angekommen, sagte er hoffnungsvoll: »Vielleicht hat ihn die Liesi eh bei seiner Oma gelassen.«

Hatte die Liesi-Hasi leider nicht! Fast hätte ich das allerdings schon angenommen, denn bei dem Tisch, auf den der Papa zusteuerte, saß nur eine Frau, kein Kleinkind. Die Frau war – Ehrenwort – exakt, wie ich sie mir vorgestellt hatte. Blondwellig, blauäugig, rosenmundig, flatterwimprig, pausbäckig, kurviges Oberteil, ansonsten puppenzierlich.

Der Papa sagte zu ihr, dass ich »seine« Feli sei. Zu mir sagte er, dass die Dame die »liebe« Liesi sei. Dass er sie nicht »seine« Liesi nannte, nahm ich mit Befriedigung zur Kenntnis.

Die Liesi-Hasi strahlte mir entgegen, als wären hinter ihren Augen Scheinwerfer angegangen, und ihr Rosenmündchen öffnete sich zu einem: »Süüüüüüüß!« Anzunehmen, dass damit meine ganze Person, von den blau gesprayten Ponysträhnchen bis zu den schwarz lackierten Zehennägeln, gemeint war.

Wir setzten uns zum Tisch. Der Papa neben das Liesi-Hasi, ich dem Papa gegenüber.

»Nun lerne ich dich endlich kennen!«, sagte das Liesi-Hasi zu mir. Es klang, als werde ihr damit der größte Wunsch ihres Lebens erfüllt. Ich wusste nicht recht, was darauf zu sagen wäre. Aber ich wurde sowieso einer Antwort enthoben, denn hinter uns schepperte es plötzlich ganz gewaltig. Mein Papa duckte sich ein bisschen und machte ein Zahnwehgesicht.

»Ach, der kleine Tollpatsch!«, rief die Liesi-Hasi. Sie sprang auf und stöckelte, auf Elf-Zentimeter-Absätzen, eilig davon. Ich drehte mich um. Hinten im Raum war eine alte Kredenz. Vor der, auf dem Fußboden, lagen jede Menge Gabeln, Messer und Löffel. Im Messer-Gabel-Löffel-Haufen stand ein kleiner Bub. Der hielt eine große, leere Bestecklade in den Händen, verkehrt herum, und krähte hocherfreut: »Bumm-bumm-gemacht!«

Rechts und links vom kleinen Buben hockte je ein Ober und machte sich mit Essig-Gesicht daran, das verstreute Esswerkzeug einzusammeln.

Dann war die Liesi-Hasi bei der Esszeugsauerei, hob den kleinen Buben aus dieser heraus und sprach zu den hockenden Obern: »Sie sollten vielleicht besser die Sachen so verwahren, dass Kinder nicht drankönnen! Der Kleine hätte sich ein Auge ausstechen können!«

Der eine Ober fuhr hoch, wollte sichtlich etwas Passendes auf diese Rüge erwidern, doch der andere Ober zupfte ihn am Hosenbein und machte Beschwichtigungsbewegungen. Worauf sich der hochgefahrene Ober wortlos wieder dem Einsammeln zuwandte.

Ich drehte mich zum Tisch zurück. Der Papa saß mit gesenktem Haupte da. Ich konnte mich nicht entscheiden, ob er ausschaute wie ein wütender Stier, der gleich nach vorne preschen wird, oder wie ein demütiger Mann, der betet: Herr, lass auch diesen Kelch an mir vorübergehen!

Um die Tortur der nächsten Stunde in angebrachter Kürze zusammenzufassen: Kaum war der Zwerg von seiner Mutter an unseren Tisch getragen, griff er sich die Speisekarte – mit derart eiserner Patschpfote, dass sie hinterher unregelmäßig, aber heftig plissiert war –

und kreischte: »Spaghetti-Spaghetti-Spaghetti!« Aber es war nun einmal ein Urwiener Restaurant. Die hatten vom Tafelspitz bis zum Salon-Beuschel und dem Kaiserschmarren alle Wiener Schmankerln, aber keine Spaghetti. Als man dem Zwerg dieses erklärt hatte, geriet er in heftigen Zorn. Er trommelte mit beiden Fäusten auf den Tisch.

Der Papa sagte, dass Trommeln keine Spaghetti herzaubert. Das vergrämte den Zwerg so sehr, dass er zu heulen anfing. Zuerst einigermaßen verhalten, dann so kreischlaut, dass der Papa und die Liesi-Hasi ihre Debatte, ob man bei einer Einladung auf die Vorlieben kleiner Kinder Rücksicht nehmen müsse, nicht weiterführen konnten. Die meisten anderen Gäste legten entsetzt Messer und Gabeln weg und starrten zu unserem Tisch.

Irgendwie gelang es der Liesi-Hasi mit Streicheln und Gurren, dem Kreischgeschrei ein Ende zu machen. Der Zwerg barg sein verheultes Gesicht an ihrer üppigen Vorderfront, und wir konnten bei einem Ober, der auf uns herunterschaute, als wären wir eklige Küchenschaben, das Essen bestellen.

Das Essen kam im Nu. So schnell wie ich das noch in keinem Lokal erlebt habe. Wahrscheinlich hat der Ober in der Küche inständig gebeten, uns »vorrangig« zu bekochen, damit wir schnell wieder verschwinden! Für den Zwerg hatte die Liesi-Hasi nichts bestellt. Dafür säuselte sie unentwegt busenwärts: »Kriegst Nudeli, schöne Nudeli, daheim!«

Beinahe hätten wir in aller Ruhe fertig essen können. Doch dann kehrte der Zwerg dem Busen den Rücken, grapschte nach dem Bierglas der Liesi-Hasi und wollte es zum Munde führen.

»Pfui, gacka«, gurrte die Liesi-Hasi und versuchte dem Zwerg das Glas zu entwinden, aber der klammerte seine Eisenpfote drum herum, und das Krügel kam ins Schwanken, und – hast-du's-nicht-gesehn – schwappte ein halber Liter Bier in weitem, breitem Schwung auf den Tisch, tränkte das weiße Tischtuch, ergoss sich in unsere Teller, über mein halbes Schnitzel, über meines Papas Saibling und den Rostbraten der Liesi-Hasi. Worauf Liesi-Hasi und Zwerg gleichzeitig das Krügel losließen und dieses ebenfalls auf den Tisch fiel.

Der Zwerg flutschte vom Schoß der Liesi-Hasi und ging unter dem Tisch in Deckung. Die Liesi-Hasi versuchte mit den Stoffservietten das klatschnasse Tischtuch abzudecken. Während sie es tat, deutete sie bodenwärts, wo, vom tief herabhängenden Tischtuch verborgen, der Zwerg war, und flüsterte gerührt: »Jetzt schämt es sich, das Spatzi, das arme!«

Ich wäre am liebsten, samt Tisch, biervollem Teller und Papa – aber ohne Liesi-Hasi und Zwerg! – in den Erdboden versunken! Ich bin kein Superschüchti, aber so was von peinlich hält nicht einmal ein Elefant aus. Kein einziger Mensch im Lokal aß jetzt mehr, alle starrten zu uns und tuschelten miteinander. Sogar von Tisch zu Tisch! Die Ober übrigens waren nach dem Bierregen im Eilschritt hinter einer Tür mit der Aufschrift »Büro« entschwunden. Meiner Meinung nach, um dem Chef mitzuteilen, dass sie der Lage im Lokal nimmer Herr seien.

Als Gipfel des Wahnsinns passierte dann Folgendes: Die Liesi-Hasi war noch dabei, den Tisch trockenzulegen, der Papa zischelte wiederholt: »Lass das, das bringt nix«, und ich starrte auf den Biersee in meinem Teller, da spürte ich auf einmal einen irren Schmerz im rechten Wadel. Einen ganz merkwürdigen, von einer Schmerzsorte, die mir neu war. Weil mich der Schmerz so unvermutet-unvorbereitet überfiel, schrie ich laut auf.

Der Papa zischte mir zu: »Dreh nicht auch noch durch!«

Ich lüpfte, nun nur mehr verhalten stöhnend, die Tischdecke. Da hockte der Zwerg, in mein rechtes Wadel verbissen, und starrte mit Giftäuglein zu mir hoch!

Ich zog mein linkes Bein an, um ihm mehr Schwung und Kraft zu geben, und trat nach der tollwütigen Bestie. Wo diese mein Tritt getroffen hat, weiß ich nicht. Wie der ganze Restaurant-Wahnsinn weiterging, weiß ich auch nicht. Ich weiß bloß noch, dass das verdammte Kind mein Wadel freigab, dass ich aufsprang, wobei mein Stuhl umkippte, und dass ich grußlos aus dem Lokal rannte, während es hinter mir zwergisch brüllte, kreischte und röhrte!

Ich habe meinen Papa natürlich, als er eine Stunde später ermattet heimgekommen ist, danach gefragt. Aber er hat nur tief geseufzt und gefleht: »Tochter, kein Wort mehr davon, ich möchte es so schnell wie möglich vergessen!«

Taktvoll, wie ich nun einmal bin, habe ich nicht weiter gebohrt. Mir hat es gereicht, dass er mich wegen meines »unheimlich starken Abgangs« nicht gerügt hat. Wäre zwar eine Riesensauerei gewesen, doch bei einem Vater, der sich in so was wie diese Liesi-Hasi verliebt, kann ja alles möglich sein!

Gerügt hat mich der Papa aber sowieso jeden Tag. Immer ist es dabei um seinen krankhaften Ordnungssinn gegangen! Jeden Abend, wenn er daheim war, habe ich mir anhören müssen: »Wenn zwei Menschen auf kleinem Raum eng zusammen leben, müssen sie aufeinander Rücksicht nehmen!« Was im Klartext geheißen hat, dass ich auf ihn Rücksicht nehmen muss und kein bisschen schlampig sein darf! Dass er auf meine etwas lockereren Ansichten, Ordnung betreffend, Rücksicht nehmen könnte, ist ihm nicht in den Sinn gekommen. Wenn ich das vorgeschlagen habe, hat er stur und steif behauptet, Ordnung halten sei eine Tugend, Unordnung machen sei ein Laster und die Tugend werde sich nie und nimmer dem Laster beugen. Basta!

Eines Nachts nun, als ich schlaflos in meiner Hängematte lag – weil meines Vaters Bedürfnis, bei offenem Fenster und ohne Mücken zu schlafen, gegen mein Bedürfnis, bei Licht zu schlafen, wieder einmal gesiegt hatte –, dachte ich daran, wie schön es wäre, wieder in der Mama-Wohnung, in meinem lieben Zimmer, zu schlafen. Mit Licht! Und überhaupt mit all meinem geliebten Kram. Sogar meine alten Puppen und Kuschelviecher gingen mir ab, meine Bücher und die vermischte Schreibtischladensauerei! Wenn ich wieder daheim wohnen könnte, dachte ich mir, wäre ich auch näher beim Lorenz und der Polli. (An der Lizzi hatte ich kein Interesse mehr, seit sich die Kuh erwiesenermaßen so an den Lorenz rangemacht hatte!) Und wir könnten viel öfter miteinander etwas unternehmen! Und ich könnte auch viel leichter verhindern, dass weitere Glupschaugenversuche der Lizzi in Richtung Lorenz etwas fruchten! Und zum Bad, wo in den Ferien immer ein paar Kinder aus meiner Klasse sind, wären es auch bloß ein paar Minuten und keine Weltreise!

Plötzlich fiel mir ein, dass ich mit dem Papa in die Mama-Wohung ziehen könnte! Wär doch auch viel besser für ihn, dachte ich mir. Bliebe meine Unordnung in meinem Zimmer, er müsste sie nicht sehen, wenn er die Tür nicht aufmacht. Der Streit um Licht und offene Fenster fiele weg! Sogar einen Parkplatz würde er dort leicht finden und müsste nicht jeden Abend eine halbe Stunde um den Häuserblock kurven. Leiser ist es in der Nacht in der Mama-Wohnung auch, da wummern die Autos und die Straßenbahn nicht unentwegt vorbei. Und Unordnung, die ich eventuell im Wohnzimmer oder in der Küche machen würde, die tät die Swetlana wegputzen, denn die bekommt von der Mama sowieso Geld, damit sie die Wohnung in Ordnung hält!

Ich war so begeistert von der Idee, dass ich beinahe nimmer einschlafen konnte. Es begann schon zu dämmern, da döste ich endlich noch einmal weg. Aber lange vor dem Papa, der sonst immer als Erster munter ist, war ich wieder wach. Ungeduldig wartete ich, dass sein sanftes Schnarchen endlich ein Ende hat! Um das Ende schneller herbeizuführen, summte ich ein Liedlein vor mich hin. Hierauf fing ich zu husten an. Aber solche Mini-Geräusche können einen Mann, der bei offenen Fenstern über einer stark befahrenen Straße vor sich hin schnarcht, nicht belästigen! Schließlich kam mir der Glas-Müllabfuhr-Wagen zu Hilfe. Die Container sind zwar zwei Straßenecken weiter, aber der höllische Lärm, den es gibt, wenn die grünen Tonnen geleert werden, den kann nicht einmal mein Papa verschlafen. Er fuhr hoch, greinte »verdammt«, sprang auf und machte sich daran, alle Fenster zu schließen. Als er beim vierten und letzten war, hatte der Glas-Müll-Mensch sein Werk jedoch getan, und der Geräuschpegel ging auf übliche Lautstärke zurück. So machte der Papa die Fenster wieder auf. Als er das geschafft hatte, sagte er vergrämt: »Na, und jetzt bin ich munter!«

»Ist auch gut so«, sagte ich zu ihm. »Ich muss eh etwas Wichtiges mit dir besprechen!«

Der Papa tapste zur Küchenecke, drehte das Wasser auf, hielt die Filterkanne drunter und sagte: »Besprich!«

»Wir sollten in die Mama-Wohnung ziehen«, sagte ich.

Der Papa drehte das Wasser ab. »Schnapsidee!«, murmelte er.

»Eine Superidee«, widersprach ich und zählte alle Vorteile der Mama-Wohnung, die ich mir überlegt hatte, auf. Und fügte hinzu: »Die Mama hat garantiert nichts dagegen! Wenn du's nicht glaubst, ruf sie an!«

Der Papa tat Kaffee in den Filter, schaltete die Maschine an und schüttelte weiter den Kopf. »Keine zehn Rösser bringen mich in diese Wohnung!«

Ich dachte: Zehn Rösser nicht, aber deine Tochter schon! So schnell bin ich nicht kleinzukriegen, wenn ich felsenfest überzeugt bin, dass etwas vernünftig ist. Und dass bei meinem Papa die Methode »Steter Tropfen höhlt den Stein« am wirkungsvollsten ist, hatte ich damals schon begriffen. Also ließ ich es stets auf den Papa-Stein tropfen. Keine halbe Stunde, die wir zusammen waren, verging, ohne dass ich ihm ein schönes Detail eines besseren Vater-Tochter-Lebens in der Mama-Wohnung ausmalte. Das zeigte Wirkung! Von Tag zu Tag wurden seine ablehnenden Stellungnahmen weniger stur. Als Tropfen, der den Stein besonders gut höhlt, erwies sich meine Behauptung, dass ich in der Mama-Wohnung viel lieber am Abend, wenn er ausgeht, allein daheim bliebe. Ich muss zugeben, dass ich Teil eins unserer Abmachung, nicht zu motzen, wenn der Papa am Abend weggeht, kaum eingehalten habe. Ich hasse einsame Nächte!

Zweitbester Steinhöhler war das Lockangebot Swetlana! Jedes Mal, wenn ich ihm vorschwärmte, wie toll und schnell, und dazu noch von der Mama bezahlt, die Swetlana alles blitzsauber halten würde und dass ich unter ihrer Anleitung nichts lieber täte, als zu wischerln und zu putzerln, kam direkt ein sehnsüchtiges Flackern in seine Augen.

Nach vier Tagen hatte ich es geschafft!

»O.k.«, sagte der Papa schwer seufzend. »Dann wohn ich halt vorübergehend mit dir in der Wohnung deiner Frau Mutter! Anerkenne gefälligst, dass ich das Äußerste für dich zu tun bereit bin! Ich liebe nämlich meine Wohnung sehr!«

»Aber deine Tochter liebst du noch mehr als deine Wohnung«, rief ich, sprang an ihm hoch, schlang die

Arme um seinen Hals und die Beine um seinen Bauch-Äquator.

»Lass das, bring mich nicht um«, stöhnte der Papa und tat, als wolle er mich schnell vom Leibe haben. Diese Art von Ruppigkeit spielt er gern. In Wirklichkeit tun ihm ein paar kleine Zärtlichkeiten ganz wohl.

6. Kapitel,

in welchem sich der Ferienalltag dahinzieht, ich meines Papas Urlaubsproblem durchschaue und einen Tauschhandel vorschlage, damit er – und auch ich – giftzwergfrei bleiben.

Dass unser zweisames Leben in der Mama-Wohnung wirklich jede Menge Vorteile hatte, musste auch bald mein Papa zugeben. Ich gab mir ja wirklich Mühe, ihn davon zu überzeugen! Jeden Abend, bevor er heimkam, inspizierte ich Wohnzimmer, Vorzimmer und Küche mit Argusaugen auf herumliegenden Kram und schaffte hurtig weg, was einen Ordnungsfanatiker ärgern könnte. Und der Swetlana half ich meistens beim Putzen, wenn sie am Dienstag und Freitag vormittag bei uns werkte. Wobei ich allerdings in einem Zwiespalt war, denn meine Mitarbeit verkürzte die Arbeitszeit der Swetlana jedes Mal um eine Stunde und das verringerte ihr Einkommen. Und ich mutmaßte, das könnte ihr vielleicht gar nicht gefallen. Die putzt ja nicht fremde Wohnungen zum Spaß, sondern weil sie Geld verdienen muss.

Lorenzmäßig war unser Umzug allerdings ein Flop, denn kaum war ich zwei Tage wieder daheim und nur zehn Gehminuten von ihm entfernt, war er auch schon futsch! Seine Eltern hatten den Urlaub aus irgendwelchen Familiengründen vorverlegen müssen. Blieb mir also nur die Polli. Mit der traf ich mich fast jeden Tag. Wenn schönes Wetter war, gingen wir ins Bad. Wenn es nach Regen ausschaute, fuhren wir zu ihrer Oma in den Schrebergarten. Obwohl ich gern im Bad bin, war mir der Schrebergarten noch lieber. Die Polli-Oma ist unheimlich schnuckelig. Die ist eine kugelrunde Frau mit karottenrot gefärbten Haaren und riecht nach Vanillekipferln. Sie hat ein Zahnersatzteil – vier obere Schneidezähne mit Drahthakerln dran. Wenn sie etwas gegessen hat, holt sie nachher ganz ungeniert das Zahnersatzteil aus dem Mund, wischt es mit einem Schürzenzipfel sauber und schiebt es sich wieder rein. Einfach faszinierend, ihr dabei zuzuschauen! Sie hat auch so eine liebe, umsorgende Großmutterart. Aber keine aufdringliche! Und lauter komische Sprüche hat sie drauf. Keine sehr vornehmen, allerdings! Wenn sie einem etwas erklären will und man unterbricht sie dabei, sagt sie: »Jetzt scheiß mir net in die Kram, bevor ich auspackt hab!« Wenn man ihr etwas erklärt und sie hält nichts davon, sagt sie: »Beim Arsch, Herr Karl!« Und wie ich der Polli die Ribisel weggefuttert habe und sich die Polli deswegen beschwert hat, hat sie gesagt: »Eine langsame Sau kommt selten zu einem warmen Bissen!«

Zuerst hat sich die Polli vor mir für ihre Oma geniert. Ganz rot im Gesicht ist sie jedes Mal geworden, wenn die Oma einen ihrer Sprüche gesagt oder die Zähne herausgeholt hat. Sie hat gedacht, ich wäre mehr für das Feine, Vornehme. Als sie dann gemerkt hat, dass ich eh unheimlich auf ihre Großmutter stehe, hat sie sich ziemlich gefreut. Das ist nämlich wirklich eine blöde Sache! Man redet oft, ohne viel zu denken, allerhand daher und hat keine Ahnung, dass man damit einem anderen wehtut. Bei uns in der Klasse sagen viele Kinder, wenn ein Mädchen billig oder geschmacklos angezogen ist, »die ist hausmeistermäßig in Schale«. Wenn jemand etwas Kleinkariertes sagt, heißt es auch: »Red nicht so hausmeistermäßig daher!« Und die Polli-Oma ist Hausmeisterin! Das habe ich erst im Schrebergarten von ihr selbst erfahren. Die Polli hatte es mir verschwiegen. Eh klar, wenn in der Klasse »Hausmeister« ein Schimpfwort ist. So viel Mut, dass sich ein Kind hinstellt und sagt, dass es eine Sauerei ist, Hausmeister zu verachten, und dass es eine ganz-ganz liebe Hausmeisterin zur Oma hat und niemand in der Klasse mehr »hausmeistermäßig« sagen soll, ist nicht zu verlangen. Brächte ich auch nicht zuwege. Obwohl es wirken würde!

Wenn mir nicht gerade nach Polli und Polli-Oma oder Hausputz mit der Swetlana war, ging ich zur Marina töpfern. Ganz schön weit brachte ich es in der Töpferkunst. Dass ich einen tollen Farbensinn habe, stellte sich heraus. Ohne mich loben zu wollen: Ich erzeugte beim Glasieren meiner Tonprodukte recht reizvolle Farbkombinationen. Eine Kundin, die zur Marina kam, um ein Geschenk für ihre Schwester zu kaufen, zog mit einer Schüssel ab, die ich gemacht hatte!

Aber Töpferin, warnte mich die Marina, soll ich später einmal trotzdem nicht werden. Da verdient man wenig. Und mein Papa, meinte sie, würde sicher nicht bereit sein, mich so üppig zu unterstützen wie ihr Vater, denn mein Papa sei ein »sparsamer« Mensch. Das sagte sie so, als ob sie viel lieber »stinkgeizig« gesagt hätte und es nur aus Rücksicht auf mich unterdrückte. So kleine Seitenhiebe auf ihren Ex-Freund tätigte sie recht gern. Aber nie ungerecht! Ein Fuzerl geizig ist der Papa nämlich schon. Zumindest ist er nicht so großzügig wie meine Mama. Die gibt leichter Geld aus; dabei hat sie weniger als er. Die fragt zum Beispiel nie, ob ich etwas »wirklich brauche«. Wenn mir etwas wirklich gefällt, schenkt sie es mir. Einmal hat sie mir sündteure Sandalen gekauft, obwohl ich sandalenmäßig sowieso ein Überangebot hatte, und dann haben wir nicht einmal Geld gehabt, um Nachtmahl einzukaufen, und haben vergnügt staubige Cracker und saure Gurkerln gefuttert. So was würde der Papa nie tun. Na ja, dafür träumt er auch nie – so wie die Mama manchmal –, dass ein Gerichtsvollzieher an der Tür klingelt und seine rechte Hand pfänden will!

Die Marina war auch so lieb, an den Abenden, die mein Papa beim Liesi-Hasi zubrachte, mit mir auf eine Pizza zu gehen oder mir bei ihr daheim Nachtmahl zu kochen.

Nachher hat sie mich immer bis vor die Haustür gefahren und im Auto gewartet, bis ich die Treppe rauf und in der Wohnung drin war, überall Licht angeknipst, ein Fenster aufgemacht und zu ihr runtergewunken habe, dass alles o.k. ist. Was nicht o.k. hätte sein können? Keine Ahnung! Meine Allein-bleibe-Angst ist keine konkrete wie vor Einbrechern, Gespenstern, Sittenstrolchen und dergleichen Raritäten. Die ist mehr ein vages Gänsehautgefühl mit Kniewabbern vor nichts Bestimmtem. Und die Gänsehaut und das Kniewabbern waren wesentlich weniger, wenn ich aus der leeren Wohnung der Marina ein bisschen zugewunken habe. Die Marina war auch so taktvoll, mich gar nicht zu fragen, ob ich mich fürchte, die einsame Wohnung zu betreten. Sie hat einfach gesagt, es würde ihr Spaß machen, mir noch zuzuwinken, und ich habe gesagt, dass ich ihr diesen komischen Wunsch ja erfüllen kann!

Gegen Mitte Juli fing ich an, wegen unseres Urlaubs ein bisschen nervös zu werden. Am ersten August, hatte der Papa gesagt, wolle er losfahren. Aber irgendwo irgendwas gebucht hatte er noch nicht. Mir war nicht einmal klar, wohin wir fahren werden. Von Irland war die Rede gewesen, von Portugal, von Sardinien, von Malta auch. Manchmal, wenn ich vorsichtig nachfragte, murmelte er, »so viel Arbeit im Moment« und »vielleicht verschieben« und dass ein wichtiger Auftrag »nicht fix« sei und er sich nach dem richten müsse. Ob er nun den Urlaub nach vorne oder nach hinten verschieben wollte, war einfach nicht aus ihm rauszukriegen. Aber das war urwichtig für mich! Auf Sommer-Sonne-Wasser-Strand, geteilt mit dem Liesi-Hasi, war ich ohnehin nicht versessen. Ich war mehr daran interessiert, den Lorenz wieder zu sehen, und der hatte seine Heimkehr für den 23. Juli angesagt. Darum hätte es mich sehr gestört, wenn der Papa den Urlaub um eine Woche vorverlegt hätte. Dann hätte ich den Lorenz verpasst. Und in den letzten zwei Augustwochen wollte der Lorenz seine Großeltern in Tirol besuchen. Da wäre er dann gerade nach Tirol abgedampft, wenn ich zurückgekommen wäre. Ich hätte also den Lorenz bis zum Schulanfang nimmer zu Gesicht bekommen. Ich wollte ihn aber unbedingt so schnell wie möglich wieder sehen. Nicht nur aus liebender Sehnsucht, sondern weil sich herausgestellt hatte, dass der Lorenz nicht nur früher weggefahren war, sondern auch ganz woanders hin. Nicht nach

Spanien, sondern nach Griechenland, auf eine Insel namens Paros, in die Stadt Parakia. Das war eindeutig der schönen Ansichtskarte zu entnehmen, die er mir geschickt hatte. Und die schöne Ansichtskarte, welche die Lizzi der Polli geschickt hatte, war ebenfalls in Parakia, Paros, Griechenland aufgegeben! Ganz unruhig und kribbelig hat mich das gemacht. Die Polli hat mich zwar damit beruhigen wollen, dass es in so einem Ferienort tausende Touristen und hunderte Hotels und Pensionen gibt und dutzende Strände und dass die Lizzi und der Lorenz einander gar nicht begegnen müssen. Aber die Lizzi, da war ich mir ganz sicher, würde es zehn Kilometer gegen den Wind riechen, wenn der Lorenz wo ist! Wenn sie erst einmal Witterung aufgenommen hat, sagte ich mir, schnüffelt sie sich zu ihm durch und macht sich mit allen Tricks an ihn heran. Immer wieder murmelte ich mir vor, was mir der Lorenz am letzten Schultag geschworen hatte. Aber schwer beunruhigt blieb ich trotzdem und sehnte den 23. Juli herbei, um bestätigt zu bekommen, dass sein Zeugnistag-Schwur noch gilt.

Und dann holte ich mir im Bad einen »hinterseitigen« Sonnenbrand, weil ich, bäuchlings liegend, auf der Pritsche eingeschlafen war. Höllisch weh tat das. Besonders auf den Schulterblättern und in den Kniekehlen. Sogar übel war mir.

Am Abend versuchte der Papa, meine Qual mit Wassermelonenscheiben zu lindern. Das hatte ihm die Swetlana geraten. Ich lag im Wohnzimmer auf der Couch – unter mir ein Leintuch, damit das schöne Leder keine Flecken abkriegt –, und der Papa säbelte eine riesige Wassermelone in Scheiben und belegte meine Kehrseite schuppenförmig damit, als wäre ich eine kalte Partyplatte. Ich jaulte winselnd auf, sooft eine kalte Scheibe auf meine heiße Haut klatschte, und seufzte zwischendurch erleichtert, weil die Melonenscheiben, wenn sie einmal ruhten, wirklich wohltuend waren. Als mich der Papa bis über die Wadeln hinab »belegt« hatte, sagte er: »Du ... wegen dem Urlaub ... also ... ich stecke mitten in einer schwierigen Arbeit ... überblicke überhaupt nicht, wann ich damit fertig werde ... sag ... wär es sehr schlimm, wenn wir gar nicht wegfahren würden?«

»Nein«, sagte ich. »Ist nicht so schlimm. Die Polli fährt ja auch nicht weg. Und der Lorenz kommt sowieso in acht Tagen zurück!« Dass mir ein Urlaub mit dem Liesi-Hasi eh kein Vergnügen gemacht hätte, verschwieg ich taktvoll.

Mein Papa war erleichtert. Er klaubte Melonenkerne auf, die von meinem Rücken beidseitig auf das Leintuch geflutscht waren, räusperte sich, räusperte sich noch einmal und sagte dann: »Um ehrlich zu sein ... wegen der vielen Arbeit ist es eigentlich nicht ... obwohl ich die wirklich habe!«

»Weswegen dann?«, fragte ich und linste aus meiner Bauchlage zum Papa hoch und sah, dass er im Gesicht rot angelaufen war. Verlegene Schamröte hatte ich an ihm noch nie gesehen!

»Na ja«, sagte der Papa. »Es geht um die Liesi. Sie besteht darauf, den Kleinen mitzunehmen ... und du hast ihn ja kennen gelernt ... da bleibe ich lieber daheim!«

Ich fuhr blitzartig vom Leintuch hoch. Neunzig Prozent der Melonenauflage plumpsten von meiner Hinterseite.

»Ja spinnt die?«, rief ich. »Hat die nicht alle? Die kann uns doch nicht ihren Giftzwerg zumuten!«

Der Papa drückte mich sanft wieder in die Waagrechte, restaurierte sein Melonenwerk und brabbelte was davon, dass Mütter ihre Kinder positiver sehen als andere Leute.

»Mutter hin, Mutter her«, schimpfte ich und legte mich zurecht, »aber das ist doch eine ungeheure Frechheit! Zuerst besteht sie darauf, dass wir sie mitnehmen, kaum hast du ihr das bewilligt, soll auch noch dieser Irrsinnszwerg mitkommen! Ist doch so, oder?«

Der Papa seufzte und erklärte hierauf, dass es nicht ganz so sei. Mit der Liesi habe er schon im vergangenen Winter ausgemacht, dass er und sie im Sommer auf Urlaub fahren werden. Wären sie nur zu zweit gefahren, hätte die Liesi-Hasi den Kleinen bei der Oma gelassen. Aber seit sie gehört hat, dass ich auch mitfahre, besteht sie darauf, ihr Kind ebenfalls mitzunehmen!

An dieser Erklärung störte mich gleich zweierlei. Punkt eins: Dieses »dass du auch mitfährst«. Vielleicht bin ich eine schnell beleidigte Leberwurst, aber ich fand, dass mir der Papa damit den Status eines überzähligen Gepäckstücks zuschanzte. Und das ist verletzend, wenn man bis dahin die Liesi-Hasi für dieses überzählige Gepäckstück gehalten hat! Punkt zwei: Wieso hatte mein Vater dem Liesi-Hasi im Winter den Sommerurlaub versprochen? Im Winter war er doch noch mit der Marina zusammen gewesen. Der Meinung der Marina nach hatte der Papa ihre Nachfolgerin erst im April kennen gelernt. Von erwachsenen Liebesangelegenheiten verstehe ich ja nicht viel, aber dass es nicht moralisch ist, zwei Freundinnen gleichzeitig zu haben, wird wohl auch da gelten!

So dachte ich mir: Wenn das so ist, dass ich einen unmoralisch zweigleisig liebenden Vater habe, der sein eigenes Kind als überzähliges Gepäckstück betrachtet, muss ich mit ihm auch nicht edel, zartfühlend und moralisch umgehen und hole aus der Sache raus, was rauszuholen ist, und zwar etwas, was der alte Ordnungshüter und Sparefroh sonst nie erlaubt hätte! Ich legte edlen Verzichtston in meine Stimme und sagte: »Wenn ich schon auf den Urlaub verzichten muss, Papa, möchte ich einen anderen Wunsch erfüllt haben.«

»Aber natürlich, Tochter!«, rief der Papa frohgemut. »Was soll es sein?«

Ich sagte: »Nicht viel. Nur eine Geburtstagsparty wünsche ich mir. Am Samstag vor meinem Geburtstag!«

»Eine Baby-Fete? Hier?« Recht zögernd klang es. Das Gesicht, das der Papa machte, drückte auch nicht gerade Vorfreude aus.

»Nur eine kleine, aber feine!«, beruhigte ich ihn. »So sechs, sieben Kinder bloß, aber todschick! Du brauchst mir zum Geburtstag auch gar nichts anderes sonst zu schenken.«

»Ich hab aber die Geschenke für dich schon gekauft«, unterbrach mich der Papa.

Ich überhörte den Einwand, so ernst hatte ich den Geschenkeverzicht ohnehin nicht gemeint, und sagte: »Ich zeichne mir Einladungskarten und du druckst sie mir, ja?« Mein Papa hat zu seinem Grafikcomputer nämlich einen Farbdrucker, mit dem man tolle Sachen machen kann.

»Na, sag ich halt o.k.«, murmelte der Papa. Ich wäre ihm gern küsschengebend um den Hals gefallen, aber da hätte ich wiederum den Melonenbelag durcheinander gebracht, und außerdem brauchte der Papa nicht zu wissen, dass mir eine Geburtstagsparty ohnehin lieber war als ein Urlaub mit seiner »Flamme«; auch ohne ihren Nachwuchs-Flammenwerfer.

Der Samstag vor meinem Geburtstag war der 25. Juli. Klaro und logo hatte ich den Partytermin so ausgesucht, dass der Lorenz wieder da war und mitfeiern konnte! Auf dem großen Kalender, der bei mir im Zimmer an der Wand hängt, hatte ich den DONNERSTAG 23 dick rot eingekastelt und in Schönschrift in das Kastel siebenmal untereinander geschrieben: 12 UHR LORENZ ANRUFEN!

Ab zwölf Uhr hätte der Lorenz daheim sein können. Das hatten die Polli und ich mühsam bei der Telefonauskunft der Austrian Airlines erforscht. Pro Tag landet nur ein Charterflieger aus Paros in Wien. Zehn Minuten vor elf Uhr. Mit Gepäck-Warten, Taxi-Suchen und Heimfahren konnte der Lorenz frühstens um zwölf Uhr zu Hause sein.

Außerdem schuftete ich wie verrückt für das Fest. Die Polli half mir wacker. Wir holten aus dem Büro vom Papa Binkel von schönem, buntem Papier und bastelten tollen Wände- und Deckenschmuck. Wobei ich die Polli allerdings diskret anleiten musste, denn die hat, wenn man sie werken lässt, wie sie will, einen urkitschigen Geschmack.

Wir rechneten auch stundenlang herum, was ich an Essen und Getränken brauchen werde. Wir gingen die Sachen, die nicht verderben, einkaufen und schleppten sie heim. Ich bemühte mich, echt sparsam zu sein. Bei der Swetlana gab ich zwei Fleischstrudel in Auftrag; die machte sie, ohne Geld für die Arbeit zu nehmen, bloß die Zutaten ließ sie sich bezahlen. Die Polli-Oma versprach mir eine Sachertorte und einen Nusskuchen, beide ganz gratis!

Die Einladungen, die ich gezeichnet hatte, wurden superedel. Die sahen gedruckt zehnmal so schön aus wie gezeichnet. Als wir sie abholten, sagte der Co, ich sei bereits ein richtiger Profi, wenn ich noch ein bisschen zulerne, können er und der Papa in Pension gehen und mir den »Laden« in Leibrente überschreiben. Aber der Kerl ist ja – wie schon erwähnt – ein Charmeur und Schmeichler.

Dumm war allerdings, dass mir der Co gleich dreißig Einladungen gedruckt hatte. Weil ich so viele hatte und so stolz auf sie war, verschickte ich halt die meisten davon! An Kinder aus meiner Klasse, von denen ich annahm, dass sie ohnehin auf Urlaub sind oder dass sie gar keine Lust haben, zu mir zu kommen, oder für den 25. Juli längst etwas anderes vorhaben. Nur damit sie sehen, wie gut mir die Einladungen gelungen sind!

Ich befand mich jedenfalls in absoluter Hochstimmung, welche sich vorfreudig von Tag zu Tag steigerte. Bis zum

23. Juli Punkt zwölf Uhr leider nur! Da griff ich aufgeregt zum Telefonhörer und wählte die Nummer vom Lorenz. Siebenmal ließ ich es klingeln.

Die sind noch nicht daheim, dachte ich und wollte den Hörer wieder auflegen, doch da meldete sich die Mama vom Lorenz. »Servus, Feli«, sagte sie. »Wie geht's? Hab dich schon lange nimmer gesehen!«

Ich bat sie, den Lorenz ans Telefon zu holen. Vor lauter Freude auf den Lorenz habe ich ihr nicht einmal gesagt, dass es mir gut geht; aber das war ohnehin besser, denn ein paar Sekunden später ist es mir nimmer gut gegangen!

Die Mama vom Lorenz sagte: »Der ist nicht daheim. Ich glaub, ins Bad ist er. Oder war's der Sportplatz? Er ist in der Früh mit dem Radl weg. Da war ich grad einkaufen.«

Mir blieb – wie man so sagt – das Herz stehen. Oder fiel es mir eher in die Hose? Egal wie, es benahm sich sonderbar.

»Sind Sie denn nicht gerade aus Griechenland zurückgekommen?«, fragte ich und hatte Mühe, den Satz überhaupt halbwegs verständlich rauszubringen.

»Aber wo denn!«, rief die Mama vom Lorenz. Dann erzählte sie mir eine lange und breite Geschichte darüber, dass sie schon wieder eine ganze Woche daheim sind und dass das griechische Quartier einfach nicht ihren »gehobenen Ansprüchen entsprechend« gewesen ist und dass sich der Vater vom Lorenz gleich am ersten Tag siebenunddreißig Seeigelstachel in die linke Fußsohle getreten hat und dass die beim Rausziehen abgebrochen sind und siebzehn davon sind eitrig geworden. Und sie selber hat von Giftquallen einen Ausschlag mit Fieber bekommen. Und beim Lorenz hat die Darmflora gestreikt, der ist mehr auf dem unhygienischen Pfui-Gacka-Klo gewesen als anderswo. Und Polypen in Essig und Öl und Gurken mit Knoblauch mag von ihnen auch niemand. Und da haben sie sich entschlossen, den Urlaub abzubrechen und heimzufahren. Weil das einzig Nette, was ihnen in Griechenland begegnet ist, nämlich die Eltern der Lizzi, die sind zu diesem Termin abgereist! Und dann schwärmte sie mir doch echt noch vor, welch reizendes Mäderl die Lizzi ist. Und schließlich sagte sie: »Aber was erzähl ich das dir, du bist ja seit dem Kindergarten mit ihr befreundet!«

Ich legte den Hörer auf, ohne der Mama vom Lorenz zu sagen, dass mich ihr Sohn zurückrufen soll. Ich lief in mein Zimmer und zerriss die Einladung für den Lorenz in klitzekleine Fetzen. Die anderen Karten hatte ich längst weggeschickt. Nur die für den Lorenz hatte ich mir aufgehoben, die hatte ich ihm eigenhändig überreichen wollen!

Die ganze Lust auf die Party war mir natürlich vergangen, aber schon total! Am allerliebsten hätte ich mich aufs Bett gelegt und mich dem heftigen Schluchzen hingegeben. Da war der Lorenz schon eine Woche in Wien und hatte sich bei mir nicht gerührt! Bei der Polli und den anderen aus unserer Klasse auch nicht; sonst hätte ich davon erfahren.

In meiner Verzweiflung rief ich die Polli an und erzählte ihr, was passiert war.

»Behalt die Nerven, Alte«, posaunte die Polli ins Telefon. »Ich forsche die Lage aus, sobald ich was Genaueres weiß, komm ich zu dir!«

Eine halbe Stunde später war die Polli da und wusste allerhand schmutzige Details! Die hatte sie durch emsiges Telefonieren gesammelt. Also: Der Peter hatte vorgestern den Lorenz gesehen. In der Straßenbahn, in Begleitung der Lizzi. Kichernd hatten die zwei Soletti geknabbert. Beide an einem Soletti! Jeder von einem Ende her, bis sich ihre Knabbermünder in der Mitte getroffen hatten! Mir hatte der Peter das aus Taktgründen verschwiegen. Und die Marion hatte bei der Lizzi vor drei Tagen angerufen und gefragt, ob sie nicht zu ihr kommen will, ihr sei ferienlangweilig, und da hatte die Lizzi geantwortet: »Sorry, ich mache mit dem Lorenz und seinen Eltern einen Ausflug!« Das wurde mir ebenfalls aus Taktgründen verschwiegen.

Ich war völlig erschlagen! Ganz unvorbereitet und aus heiterem Himmel hat es mich zwar nicht getroffen. Lizzi-Befürchtungen hatte ich ja seit den beiden Ansichtskarten aus Paros gehabt. Aber wenn Befürchtungen zu klippklarer Wahrheit werden, ist es halt trotzdem urschlimm!

Wenn es nur nach mir gegangen wäre, hätte ich glatt das ganze Fest abgesagt. Warum soll eine, der nach Heulen zumute ist, feiern? Aber alle meine Vertrauenspersonen verweigerten mir die Zustimmung zur Absage. Und der mühselig gebastelte Wohnzimmer-Vorzimmer-Dekor war schon fix und fertig. Und die Getränke und die Papierbecher und das viele Knabberzeug und die Luxusstrohhalme waren auch schon eingekauft!

Der Papa sagte zu mir: »Also bitte! Erstens haben andere Mütter auch schöne Söhne, und zweitens, wenn dir schon so viel an dem Kerl liegt, erobere ihn dir von dieser Lizzi-Schlange zurück. Ist doch ein Klacks für so ein schönes, kluges Kind wie dich! Und für dieses Vorhaben ist doch ein Geburtstagsfest die beste Gelegenheit!« Wird er ja wissen, der feine Herr, der sich selber so gern hin-und-her-erobern lässt!

Die Marina sagte zu mir: »Also bitte! Das ist doch wirklich kleinkariert. Ich an deiner Stelle ließe mir kein bisschen anmerken, dass mich das wahnsinnig trifft. Ich würde sogar diesen verdammten Lorenz einladen und diese Lizzi. Cool muss man so etwas nehmen, wenn man es nicht ändern kann!« War ja auch ihre Privatmethode, mit der kaputten Liebe zu meinem Papa umzugehen!

Und die Polli sagte zu mir: »Also bitte! Du kannst allen anderen jetzt nicht den Spaß verderben. Die freuen sich schon wie die Irren! Und haben Geschenke für dich gekauft! Was glaubst, wie die dann tuscheln und lästern. Willst echt, dass sie rumreden, du hast alles abgesagt, weil der Lorenz mit der Lizzi geht und du vor Kummer darüber in Trübsinn versunken bist?« Das letzte Polli-Argument beeindruckte mich am meisten!

So nahm ich halt Freitag am Nachmittag zwei Kuverts, schob in jedes eine Einladung, lief zum Haus von der Lizzi und zum Haus vom Lorenz und steckte die Kuverts, ohne anzuklingeln, an die Wohnungstüren. Die Dinger mit der Post zu schicken war bereits viel zu spät.

Auf dem Heimweg von der Briefträgertour überlegte ich, ob ich es überhaupt durchstehe, morgen beim Fest

»cool« ein Lorenz-Lizzi-Pärchen auszuhalten; falls es die Frechheit hat, tatsächlich aufzukreuzen. Ich kam zum Schluss, dass ich das üben muss.

Daheim dann, vor dem Spiegel im Badezimmer, übte ich mir einen »coolen« Blick ein. Gerade als ich meinte, ihn gut drauf zu haben, kam der Papa ins Bad, schaute mich besorgt an und fragte: »Sag, brauchst du vielleicht Brillen? Du zwinselst ja so kurzsichtig!«

Gerade aufbauend war das nicht!

Abgesehen davon, das muss man wirklich zugeben, stand mir mein Papa im Seelenschmerz toll bei. Direkt fürsorglich und umhegend war er, unentwegt um meine Aufheiterung bemüht. An den Abenden blieb er daheim und half mir – mit Leiter, Bohrmaschine und Dübeln –, die Wohnung in ein Partyparadies zu verkleiden. Echte Superideen hatte er, erstklassig führte er sie aus. Sogar ein Rot-Grün-Blau-Gelb-Blinklicht bastelte er fürs Wohnzimmer. So eines, wie es in den Discos flackert, die man im Fernsehen bewundern kann. Und allen Möbelkram, der uns beim Feiern hinderlich sein könnte, schob er aus dem Wohnzimmer in sein Zimmer, also eigentlich in das Zimmer der Mama.

Wie in einem Möbeldepot sah es dort dann aus. Dass so ein Ordnungsfan wie der Papa bereit ist, in einem Möbeldepot zu übernachten, war schon ein gigantischer Beweis von väterlicher Zuneigung!

7. Kapitel,

in dem mein Papa Oropax braucht, lorenzmäßig schon wieder alles ganz anders ist und meine Mama wieder einmal eine Zumutung der unzumutbaren Sorte parat hat.

Den Samstagvormittag verbrachten der Papa und ich mit dem Einkaufen von Brot, Schinken, Käse, Würsteln, Gurkerln, Paradeisern, Eiern und anderen Party-Esswaren. Ab Mittag richteten wir die Brötchen her. Wobei zu erwähnen ist, dass die pizzelige Ordnungsliebe vom Papa wenigstens dabei ihr Gutes hatte. Jedes seiner Brötchen wurde ein Meisterstück! Ohne Mayonnaisekleckse oder verrutschte Gurkenscheibe, ohne schief liegendes Wurstradl oder zerbröselten Eidotter. Wie schwer dekorierte Soldaten lagen die Dinger in Reih und Glied auf den Platten. Meine mühsam belegten Exemplare stanken dagegen gewaltig ab und nahmen sich wie zivile Sandler aus.

Als mein Papa meinte, nun seien es aber wahrlich genug der Brötchen, denn sechs, sieben Kinder könnten – selbst wenn sie mit einem Wolfshunger daherkämen – nicht mehr verschlingen, gestand ich ihm, dass es vielleicht ein paar Kinder mehr werden könnten. So neun oder zehn. Zu diesem Zeitpunkt glaubte ich ehrlich, dass im Höchstfall elf oder zwölf Gäste kommen werden.

Der Papa nahm es gelassen hin. Einer Tochter mit waidwunder, liebeskummriger Seele macht ein braver Vater wegen bloßer Gästeverdoppelung keine Vorwürfe! Er versprach sich ja von der Fete Trost für mich. Und doppelt so viele Kinder können auch doppelt soviel Trost sein!

Aber leider blieb es halt nicht bei den zwölf Gästen. Der Peter brachte seine zwei Cousins mit. Der Xandi, von dem ich angenommen hatte, dass er noch in England ist, kam auch. Und die Verena, die gesagt hatte, sie verbringe die ganzen Ferien im Waldviertel bei ihrer Oma. Und der Mauz und die Marion, die sonst nie am Wochenende zur Verfügung stehen, weil sie da immer mit ihren Eltern ins Zweithaus müssen, stellten sich auch ein.

Kurz und gut: Wir waren, inklusive meiner Wenigkeit, zwanzig Kinder! Was mir, um auch das Positive an der Sache zu erwähnen, neunzehn zum Teil recht ansehnliche Geschenke einbrachte.

Der Lorenz traf als letzter Gast ein. Mit zwölf blutroten Rosen auf langen Stängeln (die sind angeblich viel teurer als die mit den kurzen Stängeln), einer Bonbonniere und einer Video-Kassette mit einem selbstgemachten Alf-Zusammenschnitt. Dunkelbraun sonnengebrannt war er, echt affengut sah er aus und wangenküsste mich rechts-links-rechts, als ob zwischen uns alles in Butter wäre! Ich versuchte den Ratschlag der Marina zu befolgen und fragte – wobei ich mir Mühe gab, nicht kurzsichtig zu blinzeln – eiscool: »Wieso hast du die Lizzi nicht mitgebracht?«

Der Lorenz tat erstaunt. Als könne er sich nicht erklären, warum ich ihm diese Frage stelle. Aber als Gastgeberin hatte ich keine Zeit, ihm das näher zu erklären. Ich musste mich darum kümmern, dass alle Gäste zu essen und trinken hatten, meine Geschenke auspacken, und gehörig bewundern musste ich auch. Und meinen Papa beruhigen, der in der Küche hockte und anklagend greinte:

»Das war nicht abgemacht! Du hast dir ja eine ganze Kompanie eingeladen! Nein-nein-nein, das geht zu weit!«

Der Lorenz wich nicht von meiner Seite. Wie in alten Zeiten, ganz auf Happy-Paar wollte er spielen. Da gelang es mir nicht mehr, die Coolness durchzuhalten. Als er mich dann noch zum Tanzen in das Wohnzimmer reinzog und mir ein Küsschen aufs rechte Ohr hauchte, fauchte ich ihn uncool an: »Mach das gefälligst mit deiner Lizzi und lass mich in Frieden!«

Und weil er schon wieder dreinschaute, als ob er nur »Bahnhof« verstünde, schleppte ich ihn in mein Zimmer, drückte ihn aufs Bett, stellte mich vor ihm auf und sagte: »Hältst du mich für blöd? Bist seit einer Woche in Wien und hast dich bei mir kein einziges Mal gemeldet! Hättest mir wenigstens sagen können, dass du jetzt mit der Lizzi gehst! Ist blöd, wenn man das von den anderen erfahren muss!«

Der Lorenz machte Dackelaugen – allerdings in blau, was bei Dackeln rar ist – und bat, dass ich mich zu ihm setze. Ich tat es. Er lehnte seinen Kopf an meine Schulter und erzählte mir, dass er die Lizzi auf dieser griechischen Insel getroffen habe. Und dass sie das einzige österreichische Kind dort gewesen sei. Und seine Eltern hätten sich leider mit den ihren angefreundet. Bauchwehkrank war er dazu! Also nicht Herr seiner Sinne! Und seine Eltern haben dauernd gesagt, er dürfe nicht so ruppig zu dem lieben Mäderl sein. Er hat die Lizzi wirklich nur »hingenommen«. Mit Widerwillen! Die komische Person hat dann irrtümlich geglaubt, dass er sie mag und mit ihr geht! Aber nie-nie-nie hat er ihr das gesagt! Das schwört er!

Wo wird er denn, wo er doch mich liebt! Im Taschenkalender hat er jeden Tag abgestrichelt und immer nachgezählt, wie viele Tage er noch ohne mich verbringen muss! Jede Nacht hat er geträumt von mir!

»Na super!«, höhnte ich. »Warum hast dann deiner maßlosen Sehnsucht in der letzten Woche nicht nachgegeben?«

Der Lorenz kuschelte sich an mich. »Weißt«, sagte er, »ich wollte das mit der Lizzi in Ordnung bringen, bevor ich dich wieder sehe. Damit es keine Probleme mehr gibt. Darum habe ich die Lizzi ein paar Mal getroffen, um ihr beizubringen, dass es mit ihr und mir nichts ist!«

Mir ging das wie Honigseim ins Gemüt, aber ich fragte trotzdem noch: »Damit sie das kapiert, musst du mit ihr gemeinsam ein Soletti nagen?«

Der Lorenz fuhr hoch. »Das hat dir der blöde Peter gesagt!«, rief er. »Das stimmt nicht! Das sagt er nur, weil er selber in dich verliebt ist! Der will uns auseinanderbringen!«

Von der Hand zu weisen war die Erklärung nicht. Der Peter mag mich gewaltig!

Und dann sagte der Lorenz noch: »Also bitte, wenn die Lizzi noch glauben würde, dass sie mit mir geht, wäre sie doch mit mir hergekommen!«

Das hatte auch allerhand für sich. Ich kenne die Lizzi schließlich seit Kindergartentagen. Die war schon immer eine Person mit einer Elefantenhaut und bereit, über seelische Leichen zu gehen. Ich dachte mir also: Das ist wahr! Würde die Lizzi den Lorenz als ihren Freund betrachten, wäre sie mit ihm hergekommen und hätte sich einen feuchten Staub darum geschert, wie mir zumute ist, wenn sie mit ihm turtelt und herumgurrt!

Nun, ich habe dem Lorenz geglaubt! Zumindestens zu neunzig Prozent. Was auf hundert Prozent gefehlt hat, habe ich weggeschoben und mir den Ratschlag vom Papa vorgesagt: Erobere dir den Kerl halt zurück!

So marschierte ich mit dem Lorenz ins Wohnzimmer und »hampelte« mit ihm drauflos. (Ich bin keine gute Tänzerin, tanze auch nicht gern. Eigentlich tue ich es nur, damit die anderen nicht sagen, ich sei eine lahme Ente.) Obwohl ich sehr damit beschäftigt war, dem Lorenz in die Blauaugen zu schauen und zuzulächeln, fiel mir doch auf, dass meine Gästeschar unheimlich laut war. Auch, dass sich ein Teil von ihr schweinisch benahm. Ich hatte mir die Schuhe ausgezogen, weil mich die linke Galosche an der Ferse gedrückt hatte, und spürte es beim Herumhampeln teils nass, teils gatschig, teils klebrig unter den Fußsohlen. Und wenn ich ein Auge kurz vom Lorenz »abzog« und es bodenwärts richtete, sah ich flachgetretene Strudelbröckerln, vermanschten Brötchenbelag, Tortencremeschmierer und Saftpfützen. Plastikbecher rollten herum, von der Dekoration war allerhand abgerissen und wurde von den Tänzern ins Flachgetretene, Vermanschte, Verschmierte und Nasse eingearbeitet.

Einmal klingelte es an der Wohnungstür Sturm, ich tanzte mit dem Lorenz in das Vorzimmer, um zu schauen, wer da noch gekommen sein könnte, und sah den »Unterbarn« mit dem Papa bei der Wohnungstür stehen. Hinter dem »Unterbarn« lauerte unsere Nachbarin. Die Musik im Wohnzimmer plärrte so laut, dass ich kein Wort von dem verstand, was die zwei sagten, aber ihren Mienen war zu entnehmen, dass sie sich beschwerten. Mit dem »Unterbarn« waren die Mama und ich sowieso immer wegen meiner angeblichen »Lärmentwicklung« im Streit gewesen, und der schreibt, sooft er sich ärgert, der Hausverwaltung einen Brief, und die schickt dann eine Verwarnung. Meine Mama hatte das immer locker genommen, aber der Papa ist da von anderer Art. So wollte ich ihm den Briefwechsel mit der Hausverwaltung ersparen, tanzte mit dem Lorenz ins Wohnzimmer zurück und schrie meinen Gästen zu: »Bitte, ihr müsst leiser sein!«

»Wie? Was?«, schrien die zurück.

»Leiser müsst ihr sein!«, schrie ich noch einmal. Der Lorenz assistierte mir brav mit mehrmaligem: »Leiser sollt ihr sein!«

Bloß der Xandi und die Verena kriegten es richtig mit und schrien auch mit 180-Phon-Gewalt: »Ihr sollt leiser sein, leiser sollt ihr sein!«

Schön langsam drang die vierstimmige Botschaft durch, aber statt dass die Deppen leiser geworden wären, schrien nun alle, exakt im Rhythmus des Rap, der vom Tonband wummerte: »Leiser sein … leiser sein … wir sollen leiser sein … leiser … leiser … leiser sein!«

Ich wollte wirklich für mehr Ruhe sorgen, aber ich schaffte es einfach nicht. Die Bande war entfesselt. Dann fingen der Peter und die Susi noch an, mit Knabbergebäck zu werfen, die Angi und der Konrad spielten »Saftspucken« und prusteten sich von oben bis unten mit Zwölf-Frucht-Nektar voll. Die Polli wurde dabei komplett eingesabbert, und da wurde sie wütend, weil sie Angst hatte, die Nektarflecken könnten aus ihrem neuen Kleid nimmer rausgehen. Sie gab dem Konrad eine Ohrfeige. Der Konrad schlug zurück. Der Peter wollte den Streit schlichten. Der Konrad trat ihm auf die Zehen. Das wandelte den Peter vom Friedensengel zum Kampfhahn. Ich stand völlig hilflos in dem ohrenbetäubenden Wirrwarr.

Mein Papa übrigens, das habe ich nachher erfahren, hockte zu diesem Zeitpunkt in der Küche, bis zu den Knöcheln in Partyabfall, hatte sich Oropax in die Ohren gesteckt, wimmerte vor sich hin und öffnete jedes Mal, wenn ein Kind in der Küche auftauchte, den Eisschrank, holte eine Flasche Saft heraus und überreichte sie dem Kind. Das weiß ich von der Polli. Die hat sich ein bisschen um den Papa gekümmert. Ich traute mich nämlich gar nicht mehr in die Küche. Ich dachte: Der bringt mich um, wenn ich ihm nahe komme!

Irgendwie beruhigte sich meine Gästeschar aber dann doch wieder ein bisschen. Jedenfalls so weit, dass man tanzen konnte, ohne in ein Kampfgeschehen verwickelt oder von Knabbergebäck ins Auge getroffen zu werden. Ich beschloss, der Sache ihren Lauf zu lassen und mich ausschließlich der Versöhnung mit dem Lorenz hinzugeben!

Wie lange ich dieses Hochgefühl genoss, weiß ich nicht mehr. Wir tanzten, Wange an Wange, dahin. Ich war gerade mit dem Rücken zur Wohnzimmertür, da schrie mir der Lorenz ins Ohr: »Darling, deine Mama!«

»Ja, was ist mit ihr?«, schrie ich zurück.

»Sie ist da!«, brüllte er.

Ich ließ den Lorenz los und drehte mich um. Da stand tatsächlich meine Mama in der Tür. Mit vielen Geburtstagsgeschenken in den Armen. Alle rot eingewickelt mit rosa Schleifen. Weil Rot und Rosa meine Lieblingsfarben sind!

Ich wurstelte mich zur Mama durch, sprang an ihr hoch, schlang die Arme um ihren Hals und brüllte, dass sie meine allerschönste Geburtstagsüberraschung sei!

Alle Kinder hörten zu tanzen auf, um sich die Mutter-Tochter-Begrüßung anzusehen. Dann kam der Papa aus der Küche gewuselt, drängte sich an der Mama und mir vorbei und drehte die Musik ab.

Ich deutete auf meine Mama und sagte zu den glotzenden Kindern: »Für den Fall, dass sie einer von euch noch nicht kennen sollte, das ist meine liebe Frau Mutter, die gerade aus München eingetroffen ist!« Die Kinder aus meiner Klasse tuschelten nämlich damals oft über meine Mama, weil ihnen eine Mutter, die ins Ausland geht und die Tochter beim Vater lässt, noch nie untergekommen war.

Meine Mama sagte: »Die liebe Frau Mutter wird jetzt ein Häuchlein Ordnung in die Bude bringen!« Freundlich wies sie mit ausgestrecktem Zeigefinger zum Teppichboden hin. »Fete im Saustall war ja wohl nicht angesagt.«

Nur ein paar Kinder verzogen unwillig das Gesicht, die meisten schauten sich betreten und verlegen um und waren sichtlich selbst erstaunt, wie sie unser Wohnzimmer zugerichtet hatten.

»Es ist ohnehin gleich acht Uhr«, sagte die Mama. »Ich

finde, das ist ein guter Termin, eine Kinderparty zu beenden!« Lieb lächelte sie in die Runde. »Wer meldet sich freiwillig zur Putzbrigade?«

Zuerst meldete sich überhaupt nur die Polli. Dann erklärte sich noch die Susi zum Aufräumen bereit. Aber nur, weil die Polli ihr zugezischt hatte, dass sich die größten Dreckschweine gefälligst zum Wegputzen melden sollten.

»Herren wären beim Saubermachen absolute Spitze!«, lockte meine Mama.

Da gesellte sich, recht zögernd, der Peter zur Polli und zur Susi. Alle anderen verdrückten sich still und leise ins Vorzimmer raus und tröpfelten aus der Wohnung. Der Lorenz wollte sich auch aus dem Staub machen. Meine Mama sah es, hielt ihn an einem Hemdärmel zurück und sagte zu ihm: »Lorenz, schönster der Knaben, du wirst doch nicht entfleuchen wollen. Sei nett, hol dir aus der Küche zwei Müllsäcke und sammle den groben Dreck ein!«

Der Lorenz schaute ganz bekümmert und sagte: »Ich muss leider heim. Weil meine Eltern ins Kino gehen, und ich habe keinen Wohnungsschlüssel mit!«

»Na, das ist aber wirklich zu dumm!«, rief meine Mama und schaute den Lorenz spöttisch an.

Ich zog die Mama ein bisschen vom Lorenz weg und flüsterte ihr zu: »Du, ich war mit dem Lorenz bitterböse und jetzt haben wir uns gerade versöhnt!«

Das hatte ja nun mit Müll einsammeln und vergessenen Schlüsseln rein gar nichts zu tun, aber die Mama verstand mich trotzdem. »Dann haut halt schon ab, ihr zwei«, sagte sie lachend. »Frisch lackierte Liebe wollen wir nicht mit Abfall bekleckern!«

Ich begleitete den Lorenz heim. Das mit den vergessenen Wohnungsschlüsseln war ein Mordsschwindel gewesen. Die hatte er in der Hosentasche. Seine Eltern wollten auch gar nicht ins Kino gehen. Bloß vor dem Dreck putzen hatte er sich gedrückt! Aber »frisch versöhnt«, wie ich war, nahm ich ihm das nicht weiter übel.

Als wir beim Haus vom Lorenz waren, redeten wir noch miteinander, dann begleitete mich der Lorenz wieder zu meinem Haus zurück. Er konnte sich nicht von mir trennen. Ich begleitete ihn aus selbigem Grund nachher zu seinem Haus. Schließlich, da war es schon neun Uhr vorbei, er wieder zu meinem Haus. Weil es dunkel wurde und er meinte, da dürfe ich nicht ohne männlichen Schutz allein unterwegs sein.

Nach viermaligem Abschreiten dieser Wegstrecke war ich restlos überzeugt, dass der Lorenz nur mich liebt und sonst niemanden! Und dass die Liebe ewig halten wird. Ganz egal, wer dazwischenfunkt! Dass wir noch als Opa und Oma zusammen sein und uns einer reichen Enkelschar erfreuen werden! Ohne Spaß, solche Kitschideen hatte ich damals. Weiß heute auch nicht mehr, wie einem ansonsten halbwegs klugen Kind so was zustoßen kann.

Ins traute Heim zurückgekehrt, fand ich nur mehr meinen Papa vor. Die Mama, sagte er, habe mit ihm, der Polli, der Susi und dem Peter den gröbsten Dreck weggeputzt, dann sei sie in seine Wohnung schlafen gegangen. Er habe zwar ihr Bett räumen und selber in seine Wohnung fahren wollen, aber der Mama hat das Möbeldepot in ihrem Zimmer nicht zugesagt. Außerdem hat sie gemeint, dass mir der Papa die Party zum Geburtstag geschenkt hat und daher auch für die »Entsorgung« zuständig ist. Sie wird nicht da übernachten und am Sonntag Putzfrau spielen. Aber damit der Papa und ich nicht in der ramponierten Umgebung frühstücken müssen, lädt sie uns zum Geburtstagsfrühstück in die Papa-Wohnung ein.

»Wie will sie am Sonntag in der Früh Frühstück einkaufen?«, fragte ich. »Oder hast du bei dir daheim einen vollen Eisschrank?« Wäre möglich gewesen, denn die Abende, die er ohne mich verbrachte, war er immer daheim in seiner Wohnung, zusammen mit dem Liesi-Hasi.

»Nichts als verschimmeltes Knäckebrot und Kamillentee«, sagte der Papa. Woran man ersieht, dass er seinem Liesi-Hasi wahrlich kein fürsorglicher Gastgeber war.

»Na, dann prost Frühstück!«, murmelte ich.

Der Papa beruhigte mich: »Brauchst dir keine Sorgen zu machen. Deine Frau Mutter ist sehr gut bei Kasse. Sie lässt das Frühstück aus dem Scala rüberkommen!«

Das »Scala« ist ein Fünf-Sterne-Hotel, gleich neben dem Haus vom Papa. Dass meine Mutter tatsächlich gut bei Kasse sein musste, war mir ohnehin schon klar. Davon zeugte alles, was ich aus den rosaroten Paketen geholt hatte. Nur Luxus-Klasse! Reinseiden-T-Shirt, Ziegenledershorts, 1a-Designer-Sonnenbrille, Superohrklunker, Goldketterl … und … und … und.

»Könnte allerdings auch so sein«, überlegte ich laut, »dass sie nur wieder einmal im totalen Kontoüberziehen drin ist und nach dem Wenn-schon-denn-schon-Prinzip ausgibt!«

Der Papa schüttelte den Kopf. »Tut sie nicht mehr!«, erklärte er. »Ihr Dingsda schaut jetzt drauf, dass sie vernünftig mit Geld umgeht!« Der Papa versuchte die Mamastimme zu imitieren: »Der Bertram ist ein echtes Finanzgenie und hat einen starken Willen, mich umzuerziehen!«

Weil ich es erstens nicht mag, wenn sich mein Papa über meine Mama lustig macht, und weil ich zweitens vom Dingsda überhaupt nichts hören wollte, ging ich darauf nicht ein, sondern berichtete dem Papa von meiner Versöhnung mit dem Lorenz und davon, wie die Lizzi den Lorenz umgurrt hatte und er sich dagegen nicht hatte wehren können.

Der Papa hörte mit einem Gesicht zu, das allertiefstes Misstrauen ausdrückte. Das ärgerte mich! Aber ich wollte keinen Streit anfangen. Ich war heilfroh, dass er mir wegen der ausgeuferten Fete keine Vorwürfe machte.

Am Sonntag in der Früh schrubbte ich hartnäckigen Dreck vom Plastikbelag im Vorzimmer, dann versuchte ich mit einem Schwamm vorsichtig alle Tortencremetupfer und Nusskuchenbrösel vom Sofaleder zu entfernen und orangefarbene Saftflecken von der Tapete zu wischen. Alles leider mit mäßigem Erfolg. Der Papa stand derweil im Hof und machte den Müll, der in den Mülltonnen war, durch Fausthiebe klein, um für die vier riesigen Müllsäcke, die er angeschleppt hatte, Platz zu schaffen.

Da klingelte das Telefon. Die Soffi war dran. Ich dachte, sie wolle wissen, wie meine Fete gelaufen sei – ihr hatte die Tante Annemi natürlich verboten, zu mir zu kommen –, und fing an, ihr zu berichten. Ich war noch nicht einmal bei der Versöhnung mit dem Lorenz, da unterbrach mich die Soffi und sagte, sie könne nicht lange telefonieren, ihr Papa habe sie um die Sonntagszeitung geschickt, und da habe sie die Gelegenheit benutzt, mich anzurufen. Sie hat nämlich »brandheiße Informationen« für mich.

»Schieß los!«, sagte ich.

Die Soffi »schoss los« und traf mich mitten ins Herz! Das gute Kind hatte wieder einmal gelauscht. Gestern Nachmittag. Da war meine Mama, bevor sie auf meine Party gekommen war, auf einen Sprung bei ihnen gewesen und hatte erzählt, dass das unleidige Wohnungsproblem gelöst ist. Der Dingsda hat ein großes Haus und sie ist vor zwei Wochen dort eingezogen. Eine schöne Villa im Grünen ist das und für die Feli ist dort auch ein »süßes« Zimmer frei. Und eigentlich ist sie ja gar nicht wegen dem Geburtstag gekommen, sondern um ihrer Tochter all das schonend beizubringen und sie hinterher mit Sack und Pack nach München mitzunehmen!

Mit Zitterfingern legte ich den Telefonhörer auf, stand da wie die Blöde und dachte nichts als: Was tu ich jetzt bloß, was tu ich jetzt bloß?

Der Papa kam vom Hof zurück und schimpfte auf die blöden Hausparteien, die nicht fähig seien, Mist platzsparend in den Tonnen zu verstauen. Ich stand noch immer da wie die Blöde. Der Papa zog sich fertig an und überlegte, ob die Witterung die Mitnahme eines Sakkos nötig erscheinen lasse. Ich konnte mich noch immer nicht vom Fleck rühren. Der Papa hielt mein stummes Herumstehen für sonntägliche Verschlafenheit. »Aufwachen, Tochter!«, rief er. »Deine Frau Mutter harret unser!«

Er packte mich an den Schultern und schob mich zur Tür raus. Ich stolperte hinter ihm her. Beim Haustor begegneten wir unserer Nachbarin. Der Papa grüßte freundlich, sie drehte den Kopf weg. Dabei war sie sonst immer sehr nett zu ihm gewesen.

»Schnepfe, die«, murmelte der Papa hinter ihr her. »Ein Kind wird ja noch einmal Geburtstag feiern dürfen!«

Die ganze Fahrt zur Papa-Wohnung hin blieb ich stumm. Dem Papa fiel das auf. Ich bin ja sonst nicht gerade verschwiegen.

»He, Tochter!«, rief er. »Du hast Geburtstag und deine große Liebe ist wieder gekittet! Strahle gefälligst!«

Als er keine Antwort bekam, wollte er wissen, welche Laus mir »übers Leberl« gelaufen sei. Als er darauf wieder keine Antwort bekam, schwieg er auch. Aber aus den Augenwinkeln heraus warf er mir, sooft ihn der Verkehr nicht allzu sehr in Anspruch nahm, besorgte Blicke zu.

Da am Sonntag in der Gegend der Papa-Wohnung nicht so viele Autos wie unter der Woche sind, fanden wir gleich beim Haustor einen großen Parkplatz. Einen solchen braucht mein Papa ja für seine überlange Kutsche.

Der Papa stieg aus dem Wagen, lief um die Motorhaube herum, riss die Beifahrertür auf und buckelte, während ich ausstieg, wie ein Hotel-Page, der auf Trinkgeld happig ist. War ja nett von ihm, mich aufheitern zu wollen, aber mir war nicht danach, mich aufheitern zu lassen. Hundeelend war mir zumute. Dieses Was-tu-ich-denn-jetzt-

Bloß rotierte noch immer in meinem Hirn und wartete auf Antwort.

Meine Mama hatte den großen Esstisch piekfein gedeckt. Mit dem urteuren, antiken chinesischen Porzellan, das der Papa für die allerhöchsten Festtage reserviert hat. Und dann doch nicht rausrückt, weil's »schad drum« ist.

Die Lieferung aus dem Scala war schon gekommen, und das war kein Frühstück für drei Personen, das war ein Buffet für eine schwer verfressene Großfamilie.

Ich wehrte mich gegen den mütterlichen Begrüßungs-Doppelkuss nicht, aber ich ließ ihn unerwidert über mich ergehen, setzte mich zum Tisch und starrte vor mich hin.

»Schatzl-Spatzl, was ist mit dir?«, fragte die Mama.

Ich starrte weiter.

»So ist sie schon die ganze Zeit«, sagte der Papa. »Kein Wort ist ihr zu entlocken, seit wir von daheim weg sind!«

Die Mama beugte sich zu mir und wollte mein gesenktes Kinn mit einem Zeigefinger hochheben. Das kann ich sowieso nicht leiden! Da reichte es mir, ich stieß ihre Hand weg und schrie: »Rühr mich nicht an!«

»Aber Schatzl ... Spatzl«, stammelte die Mama.

»Aber Tochter«, sagte der Papa.

»Was hab ich dir denn getan?«, fragte die Mama.

»Jetzt lass es schon raus!«, sagte der Papa.

»Du hast ja keine Ahnung, Papa!«, rief ich. »Die Mama ist überhaupt nicht wegen meinem Geburtstag gekommen! Nach München will sie mich holen, bei dem Lackaffen soll ich mit ihr wohnen! Aber zu dem zieh ich nicht! Nie-nie! Ich will bei dir bleiben!«

Die Mama beugte sich wieder zu mir. Diesmal ohne lästigen Zeigefinger. Wie ein brausender Wasserfall redete sie auf mich ein. Dass ich doch ihren Bertram gar nicht richtig kenne. Die ein-zwei-drei-Mal, die ich ihn gesehen habe, seien zu wenig, um ein gerechtes Urteil zu haben. Nur dumme Vorurteile habe ich! Sie liebe doch ihren Bertram sehr und einen I-gitt-i-gitt-Kerl würde sie gewiss nicht lieb haben! Und mein Vater sei bloß bereit gewesen, mich vorübergehend aufzunehmen, aber nicht für immer!

Entschlossen schob ich meine Mama zur Seite, schaute meinen Papa an und fragte ihn: »Muss ich zum Dingsda oder darf ich bei dir bleiben?«

Mein Papa benagte seine Unterlippe. Sicher nicht sehr lange, aber mir kam es wie eine halbe Ewigkeit vor. Endlich sagte er: »Na gut, bleiben wir halt zusammen!«

»Das meinst du doch nicht ernst!«, rief die Mama.

»Ich hätte es nicht gesagt, wenn ich es nicht ernst meinen würde«, sagte der Papa. Richtig feierlich klang das.

»Das ist doch absurd!«, rief die Mama.

»Wenn meiner Tochter das Absurde lieber ist«, sagte der Papa und lächelte mir zu, »kann ich nichts dagegen tun.«

»Ihr spinnt ja!«, rief die Mama. Sie fuhr sich mit allen zehn Fingern aufgeregt durch die Haare. Echt verzweifelt schaute sie drein.

»Jetzt beruhige dich«, sagte der Papa zu ihr. »Wir können es wenigstens versuchen. Bis jetzt hat es ja halbwegs geklappt. Wenn nicht gerade Baby-Fete angesagt ist, kommen wir ganz gut miteinander aus!«

Aber die Mama gab noch immer nicht auf. »Wenn die

Feli im Herbst hier mit der Schule anfängt«, sagte sie, »kann sie nicht so einfach unter dem Schuljahr nach München überwechseln. Die haben dort einen anderen Lehrplan, da fände sie sich nur mit größter Mühe zurecht!«

Der Papa sagte lachend: »Ein Jahr wenigstens werden wir zwei doch zusammen durchstehen! Und tun wir's nicht, eine Klasse zu wiederholen ist nicht der Weltuntergang!«

»Du weißt ja nicht, auf was du dich da einlässt!«, rief die Mama. Freundlich klang das nicht gerade.

»Wieso?«, sagte der Papa. »Wir proben doch schon ziemlich lange!«

Ich griff nach dem Scala-Saftkrug, goss mir ein Glas vom frisch gepressten Orangensaft ein, und bevor meine Mama einen weiteren unfreundlichen Satz vom Stapel lassen konnte, hob ich mein Glas, nickte ihr zu und rief: »Alles Gute zu meinem Geburtstag! War nett von dir, mich vor zwölf Jahren geboren zu haben!«

Da blieb der Mama ja nichts anderes übrig, als sich auch ein Glas voll zu schenken und mir zuzuprosten. Nachdem wir in einer derart freundlich einander zugewandten Position waren, gelang es mir – bis zum frühen Nachmittag dauerte es allerdings –, die Mama zu überzeugen, dass wir beide, sie in München, ich in Wien, auch getrennt ein gutes Leben haben können. Und dass das unserer Liebe zueinander keinen Schaden zufügt.

Diesbezüglich bin ich mir wirklich sicher gewesen! So wie ich meine Mama durch dick und dünn und lang und kurz mag, auch wenn ich an ihr allerhand auszusetzen habe, so mag sie mich auch durch dick und dünn und lang und kurz! Da ist sie sogar noch großzügiger als ich! Ich bin manchmal stocksauer auf sie, wenn auch nur für kurze Zeit, aber sie ist nie stocksauer auf mich. Nicht einmal für eine halbe Stunde! Egal, was immer ich verbockt, angestellt und verkorkst habe, sie hat es hingenommen. Ohne Muckser, ohne Moralpredigt! Nicht einmal den gewissen mütterlichen Jetzt-bin-ich-aber-traurig-wegen-dir-Trick hat sie je draufgehabt! Meine Mama ist eben nicht wie die meisten Mütter. Ich habe mir das schon oft überlegt und weiß genau: Wegen der paar Nachteile, die sie anderen Müttern gegenüber hat, würde ich sie um nichts in der Welt gegen so eine Normal-Mutter eintauschen! Ihre Vorteile überwiegen bei weitem!

8. Kapitel,

in welchem meine Liebesangelegenheiten zur Schulaffäre verkommen, sich die Blaumeise und mein Papa einen Supermarkt-Auftritt liefern, der aber auf meinen Hals echt keine Auswirkungen hat.

Meine Ferien in Wien waren erstklassig! Ein echtes Superkönigsleben hatte ich. Lorenz-Bad-Marina-Polli und dazu noch einen meistens netten Papa. Kleine Streitereien mit dem Papa gab es natürlich, vor allem deshalb, weil ich mit der Zeit halt doch lockerer wurde, was Ordnung halten und Unordnung wegräumen betraf. Wer wäscht schon seinen dreckigen Teller noch hurtig ab, wenn der Lorenz bereits ungeduldig an der Tür klingelt? Wer sammelt seine abgerissene Perlenkette auf, wenn die Marina anruft und sagt, dass man schnell kommen soll, weil sie in einer halben Stunde die glasierten Krügeln aus dem Brennofen holt? Und mein Papa war auch ziemlich ungerecht! Dass ich immer einkaufen ging, seine Hemden aus der Wäscherei holte, seine Latschen zum Schuster trug, alle Blumenstöckerln brav mit Wasser versorgte und sogar mit einem Blattlaus-Mittel – rein biologisch natürlich – einspritzte, so was fiel ihm nicht auf. Nur was ich nicht erledigte, bemerkte der werte Herr. Aber wenn ich ihn darauf aufmerksam machte, sah er es wenigstens ein und entschuldigte sich.

Die Lizzi sah ich die ganzen Ferien über kein einziges Mal. Die war, sagten die anderen, mit ihrer Mutter und ihrer Schwester im Burgenland und planschte im knietiefen Neusiedler See herum.

Die letzten zwei Ferienwochen musste ich lorenzlos zubringen, weil der zu seiner Großmutter nach Tirol gefahren war. Ungern – wie er mir vor der Abreise geschworen hatte – und nur deshalb, weil sich die alte Oma seit vorigen Herbst auf seinen Besuch freute.

Erst am letzten Tag vor Schulanfang, spät am Abend, kam der Lorenz nach Wien. Da rief er mich noch an, und wir machten aus, dass wir uns wieder so setzen wie vergangenes Jahr. Er neben mir, vor mir die Polli, vor ihm der Peter.

Was mit der Lizzi sein würde, die hinter mir gesessen war, darüber redeten wir nicht. Ich hielt es für selbstverständlich, dass sie auf den Lorenz und mich böse ist und sich einen weit von uns entfernten Pultplatz suchen wird.

Tja, und dann kam der erste Schultag! Strahlendes Wetter war, wie im Hochsommer! Ich freute mich, nach neun Ferienwochen, wieder echt aufs Schulleben! Quietschvergnügt machte ich mich auf den Weg.

Ich bog ein paar Minuten später, als mit dem Lorenz und der Polli ausgemacht, um die Ecke zum Schultor hin (weil ich mir daheim noch schnell ein paar Haarsträhnen blau und grün gesprayt hatte). Der Lorenz, die Polli und der Peter warteten schon. Ich wollte zu ihnen laufen, da kam aus der anderen Richtung die Lizzi. Mit neuer Lockenfrisur und giftgrünem Kleid mit riesigen weißen Tupfen. Ich wurde langsamer. Ich wollte, dass die Lizzi im Schulhaus drinnen ist, bevor ich beim Lorenz bin. Ist nicht so einfach, wenn eine uralte Freundschaft plötzlich futsch und vorbei ist!

Aber die Lizzi marschierte keineswegs am Lorenz vorbei, sondern geradewegs auf ihn zu, packte ihn an einem Arm und war auch schon mit ihm hinter dem Eichentor verschwunden. Die Polli und der Peter schauten den Beiden mauloffen nach.

»Das darf ja nicht wahr sein!«, sagte die Polli zu mir, als ich völlig verdattert zum Schultor kam. Der Peter grinste schief und murmelte: »Hätt ich fast voraussagen können.«

Ich fragte ihn nicht, warum er es hätte voraussagen können. Ich ging zwischen ihm und der Polli in unsere Klasse, beantwortete auch das ewige »Was soll denn das?« der Polli nicht. Ich hatte ja keine Ahnung, was das sollte!

Beim mittleren Fenster in unserer Klasse standen der Lorenz und die Lizzi. Die Lizzi hielt ihn noch immer an einem Arm und redete auf ihn ein. Zu leise, als dass man ein einziges Wort verstanden hätte.

»Komm, Alte«, sagte die Polli. »Wir wissen ja wenigstens, wo wir hingehören!«

Sie setzte sich auf ihren alten Platz, ich setzte mich hinter sie. Der Peter setzte sich neben die Polli. Dann kam auch schon die Blaumeise, sagte, dass sie sich freue, uns alle gesund und munter wieder zu sehen, dass jeder hurtig seinen Platz einnehmen möge, der Ferienschlendrian sei vorüber, es heiße wieder emsig und konzentriert an die Arbeit gehen und angesammelte Kräfte in Wissensvermehrung stecken. Na, das übliche Anfangsblabla eben.

Alle Kinder – bis auf den Lorenz und die Lizzi – kamen der Aufforderung nach. Die zwei standen noch immer beim Fenster, die Lizzi quatschte weiter auf den Lorenz ein. Und nur mehr drei Pultplätze waren frei! Der neben mir und das Zweierpult in der letzten Reihe bei der Tür.

Die Blaumeise rief zum Lorenz und zur Lizzi hin: »Na, ihr zwei, findet ihr kein Plätzchen?«

Die Lizzi nahm den Lorenz an der Hand und peilte das freie Zweierpult an. Der Lorenz wanderte brav hinter ihr her bis zum Pult. Als sich die Lizzi gesetzt hatte, wieselte er nach vorn und ließ sich neben mir auf den Stuhl plumpsen.

»Das wäre geschafft!«, flüsterte er.

Die Polli drehte sich um und zwinkerte mir zu. Das sollte wohl heißen: Freu dich, Alte, du hast gesiegt! Aber die helle Freude wollte in mir wahrlich nicht aufkommen, denn ich dachte mir: Wenn der Lorenz der Lizzi wirklich klipp und klar gesagt hätte, dass es mit ihm und ihr nichts ist, hätte die sich jetzt nicht so aufgeführt! Die hat bis heute überhaupt nicht gewusst, dass sie nimmer die »Braut« vom Lorenz ist. Und das kann nicht allein ihre Schuld sein!

Natürlich war ich darüber traurig. Aber längst nicht so traurig wie am Tag vor meiner Party. Nicht einmal gegen Tränen musste ich kämpfen. Meine Fähigkeit, wegen dem Kerl zu leiden, war wahrscheinlich bereits abgenützt. So ein ewiges Hin und Her von Er-liebt-mich-er-liebt-mich-Nicht hält ja kein Schwein aus! Abwarten, sagte ich mir. Wird sich herausstellen, was da läuft!

In den nächsten Tagen stellte sich das allerdings nicht heraus. Ich bekam bloß zu Ohren, dass sich der Lorenz angeblich mit der Lizzi am Strande von Parakia in der letzten Urlaubsnacht verlobt hatte. Das hatte die Lizzi der Susi erzählt. Als ich es dem Lorenz vorhielt, sagte er: »Die spinnt ja! Alles erstunken und erlogen!«

Und der Peter behauptete, er wisse ganz genau, und zwar direkt von der Lizzi, dass der Lorenz am Dienstag und am Freitag gar nicht mit einem Freund reiten geht. Da trifft er sich mit der Lizzi. Der erzählt er, dass er der Feli erst langsam beibringen muss, dass es zwischen ihm und ihr aus ist! Und die Lizzi versteht das, denn der tue ich sehr Leid!

Die Polli riet mir: »Konfrontier die zwei! Der Lorenz soll dir vor der Lizzi sagen, in ihre Augen hinein, dass er nur dich mag! Wenn er das nicht tut, kennst du dich endlich aus!«

Doch zu so einer Aktion war ich zu stolz. Das wäre mir echt zu primitiv gewesen! Ich bin ja kein Waschweib! Wie hätte denn das ausgeschaut, wenn ich den Lorenz zur Lizzi hinbugsiert und gekeift hätte: »Jetzt sag ihr gefälligst, dass du nur mich liebst und sie überhaupt nicht!« Unwürdig wäre das gewesen! Die Marina fand das übrigens auch. Mit meinem Papa redete ich über den Lorenz nicht mehr, denn der war, seit er ihn auf meinem Fest gesehen hatte, kein Lorenz-Fan. Er behauptete sogar, der Lorenz sei gar nicht hübsch, habe schiefe Zähne, einen Kalbsblick und Henkelohren. Zwei Doppelwatschen, sagte der Papa, gebühren einem Kerl, der seine Tochter am Faden hält!

In der zweiten Schulwoche, in der Mathe-Stunde, rief mich die Blaumeise zur Tafel. Bloß weil ich ein bisschen gegähnt hatte; was ich immer tue, wenn wo schlechte Luft ist. Und in Blaumeise-Stunden ist immer ein entsetzlicher Mief in der Klasse, weil man kein Fenster aufmachen darf, von wegen Straßenlärm, der sie beim Vortrag stört.

Ich sollte eine Schlussrechnung lösen. Eh eine leichte. Von einem Meier, der 18% seines Gehalts für Miete bezahlt. Ich machte mich halt an der Tafel ein bisschen lustig darüber, dass unsere Schulbücher keine Ahnung von Mieten haben. 1440 ÖS* zahlte der Meier, laut Schulbuch, Miete. So sagte ich: »Mein Gotterl, der hat wohl ein Doppel-Klo gemietet!«

Das ärgerte die Blaumeise bereits! Dann irrte ich mich ein Häuchlein beim Dividieren, da ätzte sie: »Als Schüler sollte man wenigstens die Grundrechnungsarten beherrschen!«

Und da sagte ich drauf: »Aber nur, wenn man sich keinen Rechner leisten kann!«

Und da keifte sie: »Ich habe dich um keinerlei Kommentar gebeten!«

Und da sagte ich: »Ich neige dazu, auch ungebeten meinen Kommentar abzugeben!«

Und da brüllte sie: »Jetzt halt sofort den Mund und dividiere endlich richtig!«

Na, und da brach ich halt wieder einmal das Kreidestück ab und sagte bedauernd, dass es mir Leid tue, aber das sei unser letztes Kreidestück gewesen und ich würde jetzt zum Schulwart runterlaufen, um neue Kreide zu holen.

* Österreichische Schilling, ÖS 100,– sind ca. DM 14,–

Worauf die Blaumeise kreischte: »Du holst von nirgendwo irgendwas, du gehst auf deinen Platz und gibst Ruhe!«

Ich ging brav zu meinem Pult. Kaum war ich dort, keifte sie: »Ich wünsche deine Mutter zu sehen!«

»Ich auch«, sagte ich. »Aber das geht leider nicht. Die lebt in München!«

Die Blaumeise glotzte mich an. Völlig verdutzt. Sogar den Keifton hatte es ihr verschlagen, als sie fragte: »Seit wann lebt deine Mutter in München?«

»Seit Anfang Juni«, sagte ich.

»Und du wohnst jetzt bei deiner Oma?«, fragte sie.

»Meine Oma«, erklärte ich ihr, »verbringt den Lebensabend auf Mallorca. Altsein ist dort angeblich lustiger!«

»Ja, wo wohnst denn dann du jetzt?«, fragte die Blaumeise.

»Bei meinem Papa natürlich!«, klärte ich sie auf.

»Dann bitte ich um dessen Besuch!«, sagte die Blaumeise.

»Werde es ausrichten!«, versprach ich.

Ich richtete es dem Papa natürlich aus. Aber der wollte absolut nicht in die Schule gehen. Er habe keine Zeit für so Pipifax, sagte er. Er mag Schulen nicht. Eitrige Akne kriegt er, wenn er bloß so einen Tempel betritt, behauptete er. Wenn dieses »Rotkehlchen« (»Blaumeise« konnte er sich nie merken) etwas von ihm will, möge sie ihm einen eingeschriebenen Brief schicken. Er kennt sich mit Schulgesetzen aus! Bevor kein solcher Brief kommt, muss er nicht hin.

Ich fand diese Einstellung nicht übel, aber die Blaumeise fragte mich jeden Tag, wann mein Vater endlich kommen werde! Es war ihr anzusehen, dass sie den Verdacht hatte, ich traue mich nicht, ihm ihre Botschaft auszurichten. Doch wenn ich ihr gesagt hätte, dass mein Papa Angst hat, bei ihrem Anblick eitrige Akne zu bekommen, hätte sie das wohl als Superfrechheit ausgelegt. So ließ ich es bleiben und stotterte jeden Tag herum, dass der Papa eh demnächst ... morgen ... oder übermorgen ... kommen wird.

Und dann, am Mittwoch vor der Englisch-Schularbeit, in der großen Pause, waren wir alle im Hof unten. Die Blaumeise hatte Hofaufsicht. Ich wanderte mit dem Vokabelheft herum und murmelte Vokabeln vor mich hin und kümmerte mich nicht um die anderen Kinder. Da kam die Polli aufgeregt zu mir und sagte, sie habe eben gehört, wie die Lizzi zur Susi und zur Verena gesagt hatte, ich renne dem Lorenz nach, und der Lorenz sei zu gutmütig, um das abzustellen. Er habe sich auch nur wieder neben mich gesetzt, damit ich nicht komplett durchdrehe.

Das reichte mir aber endgültig! Ich drückte der Polli mein Vokabelheft in die Hand, marschierte zur Lizzi und brüllte sie an: »Wer rennt dem Lorenz nach? Sag mir das ins Gesicht, wenn du dich traust!«

Die Lizzi zog – auf eine ganz blöde Tour – die linke Augenbraue hoch und den rechten Mundwinkel runter und zischelte: »Immer der, der fragt!«

Ich konnte mich nimmer beherrschen. »Blöde Blunzen«, schrie ich. »Du rennst ihm nach! Wie der Flocki!«

»Kuh, du!«, schrie die Lizzi. »Hau dich über die Häuser und kapier endlich, dass du auf dem Abstellgleis stehst!«

Hinterher konnten selbst objektive Zuschauer nimmer sagen, ob ich zuerst auf die Lizzi oder sie auf mich losgegangen ist. Jedenfalls lieferten wir uns eine Prügelei und kugelten wie Freistilringerinnen über den Hofboden. Die Blaumeise spurtete herbei, um uns zu trennen – was ich aber nicht mitbekommen hatte –, und ein Fausthieb von mir, der für die Lizzi bestimmt war, traf die Blaumeise am Kinn! Eh nicht stark, sie konnte noch ganz normal brüllen.

»Das wird Folgen haben! Folgen wird das haben!«, brüllte sie unentwegt, während sie ihr Kinn begrapschte. Und der Lizzi nickte sie huldvoll zu, als die etliche Male jammerte: »Bitte, ich kann nichts dafür! Ich habe mich nur zur Notwehr gesetzt!«

Die »Folgen« waren der eingeschriebene Brief an den Papa. Der Papa ging trotzdem nicht in die Schule. Jeden Tag hatte er eine andere Ausrede und verschob den Blaumeisen-Besuch auf den nächsten Tag.

Ich bat die Marina, statt dem Papa zur Blaumeise zu gehen, damit sich die Sache erledigt. Aber die Marina meinte, sie würde sich in der Schule komisch ausmachen. Die Ex-Freundin eines Kindesvaters erwarte man dort nicht.

Ich ersuchte auch die Mama mehrmals, als wir miteinander telefonierten – das taten wir fast jeden Abend –, in der Schule anzurufen und die Sache am Telefon zu regeln. Die Mama versprach es jedes Mal. Beim nächsten Telefonplausch, wenn ich sie anmahnte, hörte ich: »O Gott, das habe ich verschwitzt! Mache ich morgen!« So lange hörte ich das, bis ich nichts mehr davon sagte.

Zwölf Tage nach dem versehentlichen Kinnhaken, am langen Einkaufssamstag, waren der Papa und ich im Supermarkt. Wir standen mit unserem vollen Gitterwagen bei den Keksen und stritten, ob wir daheim noch genug süßen Vorrat haben oder nachkaufen müssen. Da biegt eine Frau um die Regalecke, hat im Wagen nur eine einzige Milchflasche und studiert, langsam voranschreitend, Preisschilder, und ich denke, mich trifft der Schlag! Es ist die Blaumeise!

Ich flüstere dies dem Papa zu, der packt unseren Wagen und will zwischen Keksen und Papierwindeln abzischen. Da hebt die Blaumeise den Blick von den Preistafeln, sieht mich, sieht den Papa, kriegt ein Funkeln in die Äuglein, schiebt den Milchflaschenwagen geradewegs auf uns zu und fragt den Papa: »Sind Sie der Vater der Felicitas?«

Mein Papa bleibt stehen und nickt wie der Blöde.

Die Blaumeise fragt: »Haben Sie meinen eingeschriebenen Brief erhalten?«

Der Papa nickt weiter wie der Blöde. Die Blaumeise fragt weiter: »Warum sind Sie dann nicht in meine Sprechstunde gekommen?«

Mein Papa stottert herum. So viel Arbeit im Moment! Keine Zeit! Leider, leider!

Die Blaumeise sagt: »Für seine Tochter muss man sich Zeit nehmen, vor allem, wenn es große Probleme mit ihr gibt!«

Mein Papa gibt sich einen Ruck, lächelt der Blaumeise sein charmantestes Lächeln – das kann er wirklich! – und fragt, ob man diese Probleme nicht hier abhandeln könne. Das würde ihm – und der Frau Professor – Zeit sparen.

Die Blaumeise schaut empört. »Zwischen Kraut und Rüben soll ich die mannigfaltigen Schwierigkeiten, die ich mit Ihrer Tochter habe, abhandeln?«

Der Papa, nun schon weniger charmant lächelnd, sagt: »Um so weltbewegende Dinge wird es ja nicht gehen. Soweit ich informiert bin, geht es um eine Rauferei, bei der Sie etwas abgekriegt haben. Oder liegt sonst noch was an?«

Weil der Blaumeisen-Wagen – neben unserem Wagen – die anderen Wagenschieber an der Durchfahrt hindert, will der Papa die Besprechung zum Wurstpult verlegen. »Dort können wir viel bequemer reden«, sagt er, deutet zur Wurst hin, fasst mit einer Hand den Blaumeisen-Wagen und mit der anderen den unseren und will in Richtung Wurst losrollen. Die Blaumeise hält ihren Wagen fest und greint, dass das der Gipfel sei, da sehe man, wie wenig dem Papa an meiner Erziehung liegt, sichtlich sei ihm völlig egal, was seine Tochter in der Schule aufführt!

Mir war das entsetzlich peinlich. Ich entfernte mich im Krebsgang, bis ganz nach hinten zu den Lackdosen und Malerpinseln hin. Dort wartete ich mindestens fünf Minuten. Dann dachte ich mir: Jetzt muss der Wahnsinnsdisput zwischen den zweien ja wohl beendet sein. Ich lief wieder nach vorne und schaute nach dem Papa und der Blaumeise aus. In keiner Regalreihe war einer von beiden zu sehen.

Ich wanderte weiter, den Kassen zu. An jeder der drei Kassen stand eine lange Menschenschlange an. In der mittleren waren der Papa und die Blaumeise. Der Papa direkt hinter der Blaumeise. Ich pirschte mich diskret an und hörte folgenden Dialog:

Papa (hämisch nach vorne): »Wenn man von Kindern nichts versteht, sollte man nicht Lehrerin werden!«

Blaumeise (eisig nach hinten): »Ich sagte Ihnen bereits, ich betrachte unser Gespräch als beendet!«

Papa (grantig nach vorne): »Reden Sie in einem anderen Ton mit mir, ich bin gottlob nicht Ihr Schüler!«

Blaumeise (hoheitsvoll nach hinten): »Wer sich da im Ton vergreift, sind wohl eher Sie!«

Papa (wütend nach vorne): »Himmel und Zwirn, ich habe nur gesagt, dass meine Tochter ein Superkind ist, und bloß, wenn man sie reizt …«

Blaumeise (unterbricht empört): »Ach so, ich reize also Ihre Tochter! Sehr interessant! Und zwar wodurch?«

Papa (gleichbleibend wütend): »Keine Ahnung! Aber wenn sich ein Superkind nicht super benimmt, wird das ja wohl seine Gründe haben!«

Blaumeise (belehrend nach hinten): »Vielleicht suchen Sie die Gründe besser bei sich selbst oder der werten, verzogenen Mutter!«

Papa (urlaut nach vorne): »Sie Schnepfe, Sie!«

Blaumeise (fassungslos zu sich selbst): »Also anpöbeln muss sich auch ein Lehrer nicht lassen!«

Dann entfernte sich die Blaumeise, hocherhobenen Hauptes und hängender Mundwinkel, Richtung Ausgang. Ohne Wagen, ohne Milch! Ein alter Mann aus der Nachbarschlange stürzte auf den verwaisten Blaumeisen-Wagen, griff sich die Milchflasche und sagte strahlend: »So ein Glück! Die Milch ist nämlich aus und meine Frau will unbedingt einen Grießkoch machen!«

Der Papa entschuldigte sich hinterher tausendmal bei mir. Das habe er nicht gewollt! Da seien ihm die Nerven durchgegangen! Darum gehe er ja nicht gerne in die Schule! Weil er, was Lehrer betrifft, unberechenbar sei. Da fühle er sich hilflos, und wenn er sich hilflos fühlt, wird er aggressiv!

Ganz geknickt war mein Papa. Angst hatte er, dass ich das nun ausbaden müsse. Ich tröstete ihn. Schlechter als vorher, sagte ich wahrheitsgemäß, kann mein Verhältnis zur Blaumeise durch seine »Schnepfe« nicht werden, weil da sowieso schon alles verpfuscht ist. Ich sagte ihm sogar, dass mir sein Auftritt im Supermarkt gefallen hat. Dass so ein Benehmen besser ist als das Katzbuckeln, das die Mama betrieben hat. Obwohl ich da ein bisschen mogelte. Mir wäre es schon lieber gewesen, wenn das Blaumeise-Papa-Gespräch einen friedlicheren Ausgang genommen hätte.

Am nächsten Morgen war mir übel. Halsweh hatte ich auch. Als ich aus dem Bett stieg, drehte sich das Zimmer um mich im Kreis. So legte ich mich wieder hin und krächzte ins Vorzimmer raus, dass ich krank sei.

Mein Papa kam zu mir rein, setzte sich auf die Bettkante, schaute bekümmert und redete mit sanfter Stimme auf mich ein, dass er es verstehe, wenn ich mich nicht in die Schule wage. Aber ein paar Tage krankspielen würde nichts helfen! Ob ich vielleicht die Schule wechseln möchte? Damit ich die Blaumeise nimmer sehen muss?

Weil mir der Hals so wehtat, konnte ich ihm nicht wortreich widersprechen. Ich krächzte bloß mehrmals: »Spinn nicht! Ich bin echt krank! So glaub mir doch!«

Er glaubte mir nicht und redete weiter auf mich ein. Was er alles brabbelte, weiß ich nicht mehr. Mein Kopf brummte so gewaltig – besonders, wenn ich ihn heben wollte –, dass er nicht merkfähig war. Gottlob legte mir der Papa dann während des weiteren Gut-Zuredens eine Streichelhand auf die Stirn. Da merkte er endlich, dass ich wirklich krank war, denn meine Stirn war heiß. Und als er mir dann Fieber gemessen hatte, rief er den Arzt an. Neununddreißig-neun Grad hatte ich!

Der liebe Onkel Doktor kam zu Mittag. Angina von der ganz argen Sorte, sagte er, hätte ich. Er pinselte unerhört abscheulich in meinem Hals herum. Eine Injektion gab er mir auch, und ein langes Rezept schrieb er, mit dem der Papa in die Apotheke lief.

Jede Menge Pillen, Tropfen und Zäpfchen brachte der Papa heim. Die Tropfen und die Pillen schluckte ich brav. Blieb mir ja auch nichts anderes übrig, wenn sie mir der Papa in den Mund reinschob. Aber die Zäpfchen drückte er mir bloß immer in die Hand und Zäpfchen kann ich nicht haben. Die schmuggelte ich unter der Decke in ein Taschentuch und warf sie nachher ins Klo.

Der Papa mietete zu meiner Betreuung ganztägig die Swetlana. Er musste ja ins Atelier gehen und arbeiten. Die Swetlana pflegte mich aufopfernd mit »alle Sachen, wo in

Natur wachsen«. Mit Tees und Kräutersuppen und Essigpatschen und Topfenhalsumschlägen (obwohl ja Essig und Topfen eher nicht in der Natur wachsen). Als ich nach vier Tagen nur noch erhöhte Temperatur hatte, war sie sich ganz sicher, dass ich das ihr und nicht der Pharmaindustrie zu verdanken hätte!

Der Arzt schaute noch einmal bei mir vorbei. Er war sehr zufrieden mit mir. Aber richtig gesund, sagte er, sei ich noch lange nicht! Ich möge »leichte Kost« essen, das »Bett hüten« und mich schonen. In die Schule, sagte er, dürfe ich noch mindestens eine ganze Woche nicht. Weil ich geschwächt sei. Außerdem stecke die Angina noch in mir, da könnte ich andere Kinder anstecken!

Jeden Nachmittag kam mich die Polli besuchen. Der Peter kam auch zweimal. Die beiden hatten keine Angst vor meiner Angina. Der Lorenz kam nicht. Ich überlegte mir, ob ich ihn anrufen soll, aber ich ließ es bleiben. Damit mir niemand nachsagt, dass ich ihm nachrenne. Ein bisschen weh tat es schon, dass er sich nicht einmal um mich schert, wenn ich krank bin. Am Montag dann erzählte mir die Polli, dass der Lorenz die Blaumeise getragt hat, ob er sich auf den freien Platz neben die Lizzi setzen darf. Und die Blaumeise hatte es ihm erlaubt! Zur Polli hatte der Lorenz hinterher gesagt, er will neben der Lizzi sitzen, damit er von ihr in Englisch und Mathe abschreiben kann! Was ja wohl ein schlechter Witz war, weil ich in beiden Fächern besser als die Lizzi bin und dem Lorenz bei den Schularbeiten immer total geholfen habe. Ohne mich wäre der oft schön belämmert dagesessen!

»Na«, sagte ich zur Polli, »damit wäre ja dann die Sache geklärt!«

Die Polli sprach mir ihr Lob dafür aus, dass ich das so gelassen aufnehme. Aber so gelassen war ich in Wirklichkeit nicht. Ich hatte mir nur eisern geschworen, lorenzmäßig meinen Gefühlen nimmer freien Lauf zu lassen! Gleich nach der Rauferei mit der Lizzi hatte ich mir gesagt: Wenn er hundsgemein ist und die Lizzi noch hundsgemeiner, ist das kein Grund, ebenfalls hundsgemein zu werden. Und im Schulhof jemanden fast erschlagen, mit dem man neun Jahre befreundet war, fällt unter die Sparte hundsgemein! Jedenfalls ist es unter meiner Würde gewesen und hat meinen Stolz verletzt, dass ich mich zu so etwas habe hinreißen lassen! Und mein Stolz und meine Würde, habe ich mir gesagt, die sind mir doch viel, viel wichtiger als der Lorenz! Das habe ich mir allerdings oft vorsagen müssen, bis ich es mir wirklich geglaubt habe.

9. Kapitel,

in welchem mein Papa zur Gegenwehr einen Hausschlapfen hebt und die Blaumeise zu einer sehr irrigen Ansicht kommt, welche aber für mich von großem Vorteil ist.

Ab Dienstag hatte ich keine fürsorgliche Swetlana-Betreuung mehr, denn die Swetlana musste für eine Woche nach Serbien fahren. In das Dorf, aus dem sie stammt. Weil ihr Bruder Hochzeit machte. Hochzeiten, sagt die Swetlana, dauern bei ihr daheim immer eine ganze Woche.

Aber ich war ohnehin schon wieder ziemlich topfit! Hätte nicht der unterdrückte Lorenz-Kummer in mir genagt und gebohrt, hätte ich sehr gute Tage gehabt! Fernsehen ... vor sich hin dösen ... ein bisschen in meinen Lieblingsbüchern lesen ... was aus der Tiefkühltruhe holen und auftauen ... herumtelefonieren ... Polli-Peter-Besuch empfangen ... Platten spielen ... und am Abend den Papa herumjagen!

Papa, koch mir ein Supperl! Aber eins mit viel drinnen!

Papa, roll mir den Fernseher zum Bett!

Papa, spiel mit mir Karten! Oder Malefiz! Oder sonstwas!

Papa, putz mir die Brösel aus dem Bett!

Papa, hol mir ein paar Illustrierte aus dem Trafik!

Papa, mach mir eine Limonade, mit doppelt Zitrone!

Sogar: Papa, erzähl mir eine Geschichte!, hatte ich drauf.

Und er folgte mir brav.

Aber am Freitag dann kam der Mann ganz bleich aus dem Atelier heim und sagte, er fühle sich ein bisserl matt und müsse ein paar Minuten ruhen, bevor er sich ans Nachtmahlkochen macht.

Er legte sich im Wohnzimmer auf die Couch und schlief ein. Um Mitternacht schlief er immer noch, als ich ihn wachrüttelte, merkte ich, dass er Fieber hatte. Und als er mich verstört fragte, wie spät es sei, krächzte er haargenau so wie ich eine Woche vorher.

»Geh ins Bett«, sagte ich. »Du hast meine Angina geerbt!«

»Aber nein«, krächzte er. »Morgen bin ich wieder voll da! Hab im Moment so viel Arbeit, die nimmt einen halt her!« Er wankte zu seinem Bett. »Muss mich nur richtig ausschlafen!«

Natürlich war der Papa auch richtig ausgeschlafen nicht wieder »voll da«! Achtunddreißig-vier Fieber hatte er am Morgen, Halsweh und Ohrenstechen. Mit der Taschenlampe besichtigte ich seinen Schlund. Blutrot war der. Aber Arzt wollte der Sturkopf keinen! Tat, als würde ich den Leichenbestatter bestellen wollen! So ließ ich es bleiben und gab ihm von meiner Medizin ab. Zweimal täglich eine doppelte Kinderration.

Der totale Wahnwitz, wie sich mein Papa beim Medizin-Schlucken anstellte! Um eine einzige Pille runterzukriegen, brauchte er ein Krügel Wasser zum Nachtrinken. Bevor er sich einen Löffel mit Tropfen in den Mund schieben ließ, jammerte er zehnmal: »Gibt's da nichts, was weniger grauenhaft schmeckt?« Und als ich ihm den Rest meiner Zäpfchen anbot (die, die ich nicht ins Klo gespült hatte), tat er überhaupt, als ob ich ihm nach dem Leben trachte!

»So war er schon immer!«, sagte die Mama am Telefon, als sie von mir erfuhr, dass der Papa jetzt auch krank ist und wie er sich benimmt. Und sie war schrecklich besorgt um mich! Sie meinte, ohne Swetlana und ohne Papapflege werde ich hilflos dahinsiechen. Ich tat mein Bestes, sie zu beruhigen, sagte ihr, dass sie sich keine Sorgen machen muss, weil ich nur mehr siebenunddreißig-zwei habe.

»Mir geht es schon so gut«, sagte ich, »dass ich den Papa perfekt pflegen kann!«

Die Mama jammerte, dass ich mich dabei »übernehmen« werde. Mit echter Angina sei nicht zu scherzen. Wenn man die nicht richtig auskuriert, kann ein Herzfehler zurückbleiben (oder war's ein Nierenleiden?). Sie würde ja sofort angefahren kommen, sagte sie. Aber blöderweise sei in drei Tagen Redaktionsschluss für die nächste Nummer, da kann sie schlecht von München weg. Deshalb, weil in der neuen Nummer ein Sechs-Seiten-Artikel von ihr erscheinen soll, und sie hat noch nicht einmal drei Seiten fertig! Aber ich bin ihr natürlich wichtiger als jeder Artikel. Wenn ich meine, dass ich sie brauche, soll ich es sagen, dann kommt sie mit dem nächsten Flieger angedüst.

Ich lachte die Mama aus. »Uns geht's prima, mach jetzt bloß kein Hege-und-Pflege-Theater!«

Dann beendete ich das Telefongespräch, denn ich hatte den Fernseher beim Bett, und da lief gerade ein Western, in dem ritten die Indiander in Dreierreihen vom Berg herunter auf den einsamen Cowboy in der Wüste zu. Ich wollte nicht verpassen, wie sich der Cowboy aus der brenzligen Lage rettet. Dass ich besser den Cowboy vergessen und meine Mama noch ausführlicher beruhigen hätte sollen, wurde mir leider erst am nächsten Tag klar!

Meine Medikamente taten beim Papa ihre Wirkung. Sogar noch schneller als bei mir. Am Tag darauf hatte er nur mehr erhöhte Temperatur, krächzte auch fast nicht mehr. Mit der Taschenlampe entdeckte ich bloß noch kleine rote Flecken in seinem Schlund – und zwei Stockzahnruinen, die dringlichst zum Zahnarzt gehört hätten.

Gegen Mittag war es dann, ich lag beim Papa im Bett, wir hatten den Fernseher zu ihm ins Zimmer gerollt (der Kränkere hat Anrecht auf ihn, hat der Papa behauptet) und schauten einen alten, blöden Film an. Aber der Papa war über den Film ganz gerührt und völlig hingerissen, denn das war in seiner Kindheit sein Lieblingsfilm gewesen. Er erzählte mir gerade, dass er damals immer davon geträumt hat, der blonden Hauptdarstellerin eines Tages auf der Straße zu begegnen, dass der das Handtascherl runterfällt und er hebt es auf, und sie schauen einander in die Augen, ganz-ganz tief, und es »funkt« bei der blonden Schönen, sie gehen in den Stadtpark hinüber, Hand in Hand, und hinter den Hollerbüschen umarmen und küssen sie einander wie die Verrückten. Leidenschaft total, sozusagen!

»Und das ganz ohne Worte?«, fragte ich.

Der Papa überlegte. An irgendwelche Worte, meinte er,

könne er sich nicht erinnern. Wahre Leidenschaft habe er sich damals wohl stumm vorgestellt. Ich wollte ihn fragen, wie weit er sich die Leidenschaft vorgestellt habe. Ob nur mit Schmusen und Kosen oder mit richtigem Sex. Da läutet unsere Türglocke.

»Wer kann denn das sein?«, fragte mich der Papa. »Für deine werten Schulkollegen ist es ja noch zu früh!«

»Keine Ahnung«, log ich und stieg aus dem Bett. Ich wusste, wer da klingelt. Die Marina! Mit der hatte ich am Tag vorher telefoniert, und sie hatte angeboten, uns zwei Kranken ein Supperl zu kochen. Ich hatte wirklich keinen Grund gesehen, das abzulehnen. Weil es kein vernünftiger Grund ist, jemandem einen Besuch abzuschlagen, nur weil das den Papa vielleicht stören könnte.

Mein Papa sah das anders. Er begrüßte zwar die Marina höflich, aber als sie dann in der Küche war, um das Supperl aufzusetzen, schimpfte er wie ein Rohrspatz! Verlangte glatt, dass ich die Marina so schnell wie möglich »aus dem Haus schaffe«! Ich redete ihm gut zu und sagte ihm, dass das lächerlich sei!

»Die Marina«, erklärte ich ihm, »ist jetzt meine Freundin. Das musst du akzeptieren!«

»Ja, ja!«, sagte der Papa. »Ich akzeptiere es, aber nicht gerade heute!«

Richtig nervös wirkte der Mann. Ein paar Minuten später war mir sonnenklar, warum er nervös war. Da läutete es nämlich noch einmal. Und zwar sehr stürmisch.

»Wer kann denn das jetzt sein?«, fragte ich den Papa.

Der Papa machte sein bestes Zahnwehgesicht. »Das ist die Liesi«, sagte er. »Die hat mich in der Früh angerufen.

Sie will uns ein Supperl kochen!« Verbittert schaute er mich an. »Ich habe ja nicht ahnen können, dass du die Marina herbestellt hast!«

Ich lachte. »Macht nichts!«, sagte ich. »Kocht dir die Liesi ein Supperl. Und mir kocht die Marina eines!«

Dann wieselte ich hurtig zur Wohnungstür und ließ das Liesi-Hasi ein. Na, die Dame war ganz schön verunsichert, ihre »Vorgängerin« anzutreffen. Die Marina war auch nicht gerade begeistert, ihre »Nachfolgerin« zu sehen. Aber das Liesi-Hasi wollte nicht merken, dass ihr Supperl nun nicht mehr gebraucht wird, und die Marina war ja schon mitten im Grünzeugschneiden, räumte also das Küchenfeld auch nicht. Ich dachte: Lass die beiden allein miteinander zurechtkommen, da störst du nur! Zur Klärung der Lage und quasi als Trost sagte ich, als ich die Küche verließ: »Eines der Supperln können der Papa und ich ja auch noch morgen essen!«

Ich kehrte zum Papa ins Bett zurück und wir machten uns gegenseitig Vorwürfe. Er sagte mir, es sei eine Schnapsidee von mir gewesen, die Marina zu bestellen. Ich sagte ihm, es sei eine Schnapsidee von ihm gewesen, das Liesi-Hasi zu bestellen. Als wir uns endlich geeinigt hatten, dass keiner von uns »Schuld« hat und es eben immer dumme Missgeschicke im Leben gibt, klingelte es wieder an der Wohnungstür.

»Wer kommt jetzt daher, um die Lage noch mehr zu verwirren?«, fragte mich der Papa.

Ich vermutete den Briefträger als Klingler und blieb im Bett, weil ich dachte, eine der Suppenfeen wird schon an die Tür gehen. Da hatte ich auch richtig gedacht. Bloß war es nicht der Briefträger, der Einlass begehrte!

Aus dem Vorzimmer drang auf einmal kreischendes Geschnatter zu uns. Der Papa starrte mich an, ich starrte den Papa an, gleichzeitig sagten wir: »Herr im Himmel, das ist der Gipfel!«

Und dann war die Tante Annemi auch schon im Zimmer! Sie machte ihr allerbestes Sauertopfgesicht und erklärte dem Papa, sie sei von ihrer Schwester herbestellt worden, um uns zu pflegen. Und der Papa möge gefälligst seine Zigarette ausdrücken, weil Rauchen überhaupt ungesund ist, Rauchen bei Angina noch ungesünder, aber vor allem sei es ein Skandal, ein anginakrankes Kind »mitrauchen« zu lassen. Mir sagte sie, dass ich ein eigenes Bett habe und mich in dieses begeben solle! Was ich nicht tat.

Sie zog die Vorhänge zur Seite, riss die Fenster auf und machte sich daran, im Zimmer »Ordnung zu schaffen«. Dabei hatten wir wirklich keine Unordnung. Aber das, muss ich gestehen, freute mich. Da hatte mein ordnungsliebender Papa seine Aufräummeisterin gefunden!

Während die Tante Annemi im Zimmer herumwerkte und allerhand zurechtrückte, zurechtlegte und umgruppierte, kamen die Marina und das Liesi-Hasi zur Papa-Mama-Zimmertür. Sie schauten beide stocksauer und sagten, total synchron-zweistimmig: »Wir gehen! Drei Frauen braucht es für eine Suppe wirklich nicht!«

Dann waren sie auch schon verschwunden – irgendwie in schöner Einigkeit, kam mir vor. Die Tante Annemi nickte ihnen stolz hinterher, ganz so, als habe sie den zwiefachen Teufel in die Flucht geschlagen.

Mein Papa saß im Bett neben mir. Verdattert und verdutzt und verwirrt.

»Tu doch was!«, flüsterte ich und stupste ihn in die Rippen.

»Und zwar was?«, flüsterte er zurück.

Ich deutete verstohlen auf die Tante Annemi und von der zur Tür hin. Der Papa nickte, stieg aus dem Bett, baute sich in voller Pyjamalänge vor der Tante Annemi auf und sagte: »Werte gnä' Frau Ex-Schwägerin, dürfte ich dich ersuchen, unsere Wohnung zu verlassen?«

Meiner Frau Tante entglitt der Zeitungspacken, den sie gerade ins Vorzimmer hatte tragen wollen. Die Zeitungen flatterten zu Boden, sie stand mitten im Bedruckten und fragte verblüfft: »Was soll ich tun?«

»Entfernen sollst du dich!«, sagte der Papa. »Und zwar so hurtig wie nur möglich. Sonst passiert was!«

Na, da legte die Tante Annemi vielleicht los! Dass sie sich das wahrlich nicht bieten lassen müsse! Dass sie nur ihrer Schwester zuliebe hergekommen sei, beileibe nicht freiwillig! Viel Überwindung habe es sie gekostet, ein Kind zu betreuen, das sich so undankbar zu ihr benommen hat. Aber wenn es um die leibliche Familie geht, muss man eben zusammenstehen! Da darf man auf eigene Gefühle keine Rücksicht nehmen! Sie wüßte ja nicht, was sie lieber täte, als uns sofort zu verlassen, doch ihre Schwester will, dass sie hier ist! Und das ist ja schließlich die Wohnung ihrer Schwester! In der hat ein Exgemahl nicht zu bestimmen! Außerdem hat das Sorgerecht für ihre Nichte die Mutter des Kindes! Oder etwa nicht?

Da bückte sich der Papa, nahm einen seiner karierten filzenen Hausschlapfen in die Hand und hob ihn hoch. So richtig schön drohend! Ich dachte: Na, der wird doch nicht! Aber ich hätte es ganz nett gefunden, wenn er hätte.

Die Tante Annemi kreischte: »Das muss sich der geduldigste Mensch nicht bieten lassen! Da kann ich nun meiner Schwester auch nimmer helfen!« Kaum drei Sekunden später knallte die Wohnungstür ins Schloss.

»Das hätten wir, Tochter!«, sprach mein Papa zufrieden, legte sich wieder ins Bett und bestellte telefonisch beim Italiener an der Ecke zwei Pizzas, eine Flasche Champagner und zweimal Tiramisu. Ihm sei nach Feiern, sagte er.

Fünfzehn Minuten später waren die Pizzas und die Tiramisus geliefert. Wir tafelten im Papa-Bett. Der Papa süffelte glatt die ganze Flasche Champagner leer – weil sich eine halbe Flasche davon ohnehin nicht gut aufheben lässt; entfleuchen ja alle teuren Prickel-Blasen! Er erklärte mir dabei vergnügt, dass er seit vierzehn Jahren, seit er die Mama kennt, das dringende Bedürfnis hat, ihrer blöden Schwester einmal ordentlich »Bescheid zu stoßen«. Dass er nun dazu die Chance gehabt und wahrgenommen hat, gibt ihm Berge! Dann hielt er mir noch einen langen Vortrag darüber, dass die Tante Annemi eigentlich an seiner Scheidung schuld gewesen ist, denn die hat bei meiner Mama und gegen ihn intrigiert! Aber das war sicher bloß eine Idee, die ihm der viele Champagner eingegeben hat. Meine Mama hat noch nie auf ihre Schwester gehört.

Eine Woche blieb ich noch im Krankenstand. Der Papa auch. Die Marina holte ihr Supperl zwei Tage nach dem Tante-Annemi-Auftritt nach. Das Liesi-Hasi-Supperl bekamen wir am darauf folgenden Tag. Ich gab mir alle Mühe, dem Papa zuliebe, nett zum Liesi-Hasi zu sein, weil er, mir zuliebe, nett zur Marina gewesen war.

Am vorletzten Krankenstandstag schrieb ich dem Lorenz einen Brief. Ich schrieb:

Lieber Lorenz,
da du ja jetzt, wie ich gehört habe, neben der Lizzi sitzt und auch sonst, wie ich gemerkt habe, auf meine Freundschaft keinen Wert mehr legst, ersuch ich dich dringend, mir die Bücher, die du noch von mir hast, und die drei Kassetten und meinen grünen Pulli (den mit dem Dinosaurier am Rücken) zurückzugeben. Und den Vierfarbenkugelschreiber.

Felicitas

Ich fand den Brief sehr cool, weil ich kein Wort über seine Untreue und meine Enttäuschung geschrieben hatte. Aber der Papa las den Brief und sagte, es sei kleinkariert, dass ich mein Hab und Gut einfordere. Da konnte ich ihm nicht recht geben. Dass der Kerl auch noch in meinem schönen Pulli herumrennt und mit meinem teuren Kugelschreiber schreibt, wollte ich nicht zulassen. Und als ich dem Papa sagte, dann soll er mir, damit ich nicht kleinkariert zu sein brauche, einen neuen Pulli, einen Vierfarbenstift und neue Kassetten und Bücher kaufen, fand er auch, dass ich eigentlich ganz Recht hätte mit der Rückforderung.

Außerdem war der Brief für mich so etwas wie ein »Schlussstrich«. Ich wollte alles, von meiner Seite aus, eindeutig geklärt haben, wenn ich in der Schule auftauche.

Der erste Schultag nach meinem Krankenstand war einer mit zwei Blaumeisen-Stunden. Ich sah ihnen gelassen entgegen. Seit der »Schnepfe« im Supermarkt waren mehr als zwei Wochen vergangen. So frisch, dachte ich mir, kann die Wunde jetzt nimmer sein, die ihr der Papa geschlagen hat. Inzwischen, dachte ich mir, muss sie eingesehen haben, dass Töchter für das Benehmen ihrer Väter nichts können!

Und dann erlebte ich mein himmelblaues Wunder mit der Frau! Sie war total freundlich zu mir. So freundlich, wie ich das noch nie – seit ich in dieser Schule bin – erlebt hatte! Ich packte es einfach nicht. Aus lauter Verblüffung darüber war ich auch freundlich zu ihr. Nach der ersten Blaumeisen-Stunde dachte ich noch, das sei bloß eine irre Laune des Schicksals gewesen. Aber als sie auch in der zweiten Stunde nett zu mir war, verstand ich die Welt nimmer. Alle Kinder in der Klasse rätselten mit, was da geschehen sein könnte. Zu einem vernünftigen Ergebnis kamen wir nicht.

Eine Woche später, bei der Mathe-Schularbeit, half mir die Blaumeise sogar. Neben mir stellte sie sich auf und deutete auf die Eckpunkte des Dreiecks, das ich gezeichnet hatte. Um mich darauf hinzuweisen, dass ich sie noch nicht mit A, B und C benannt hatte. Sie flüsterte mir sogar zu: »Schau dir das zweite Beispiel an!« Ich tat es und merkte, dass ich in der Eile den Bruch falsch gekürzt hatte!

So eine Hilfestellung war bei der Blaumeise noch überhaupt nie vorgekommen. Nicht einmal bei ihren speziellen Lieblingen und Weinberln.

Nach der Schularbeit sagte der Peter kopfschüttelnd zu mir: »Die hat sich in dich verknallt, die adoptiert dich noch!«

Die Polli mutmaßte: »Der muss dein Kinnhaken das Hirn zurechtgerückt haben!« Was nicht der Grund sein konnte, denn nach dem Kinnhaken war sie ja noch unfreundlich zu mir gewesen. Und ein Kinnhaken, der erst Wochen später Wirkung zeigt, ist wohl nicht möglich.

Also, ich kapierte es einfach nicht, soviel ich auch darüber nachdachte, und das war gar nicht wenig! Aber da es angenehm für mich war, nahm ich es hin und war freundlich und höflich zur Blaumeise. Was allerdings ein paar Kindern in meiner Klasse nicht recht war. Die fanden, nun seien die Mathe-Stunden viel langweiliger als früher, ich solle gefälligst wieder die Blaumeise ärgern, damit es was zu kichern gibt. Ich erklärte ihnen, wenn sie es bei der Blaumeise spannend haben wollen, können sie sich ja selber ans Ärgern machen, ich sei schließlich nicht ihr Showmaster.

Ist ja wahr! Die Wappler trauen sich rein gar nichts und ducken und buckeln und schleimen und von einem anderen wollen sie die Aufmüpfigkeit geliefert haben! Ihren Spaß wollen sie haben, aber riskieren wollen sie nichts. Ganz nebenbei: Wenn ich dann die Folgen meiner Spassettln zu spüren bekommen habe, sind sie nie sehr besorgt um mich gewesen. Da haben sie bloß mit den Achseln gezuckt und gefunden, dass das mein Bier sei!

Eine Woche später brachte der Peter Licht in das Dunkel der blaumeisischen Verwandlung. Seine Mutter war bei der Blaumeise in der Sprechstunde gewesen, um sich über den Wissensstand ihres Sohnes zu informieren. Und – weiß auch nicht, warum – haben die beiden auch über mich geredet. Die Blaumeise hat zur Mutter vom Peter gesagt, dass sie ja gar nicht gewusst habe, welch armes Würmchen ich sei! Mit einer davongegangenen Mutter in München! Und einem fürchterlichen Vater, einem katastrophal ordinären Unmensch! Dermaßen zerrüttete Verhältnisse wirken sich halt auf ein Kind aus, das hat man als Lehrer zu berücksichtigen! Und das tue sie jetzt, soweit es in ihren schwachen Kräften steht!

Meinem Papa erzählte ich das natürlich nicht. Der wäre sonst vielleicht, trotz seiner Angst vor Schul-Akne, zur Blaumeise marschiert und hätte ihr gesagt, dass ich nicht zerrüttet lebe und er kein ordinärer Unmensch ist! Und wenn er lang genug geredet hätte, hätte ihm die Blaumeise das wohl abgenommen! Und ich wollte meine friedliche, behagliche Position bei der milden Frau nicht gefährden.

Was mit dem Lorenz war? Und mit der Lizzi? Das kann ich nicht genau sagen. Ich ignorierte die beiden. Als ob sie nicht in der Klasse wären! Das fiel mir – gottlob – von Tag zu Tag leichter! Ich lehnte es auch ab, mir von anderen Kindern über die beiden etwas zuflüstern zu lassen. Jedes Mal, wenn ein »Zwischenträger« bei meinem Pult aufkreuzte und mit dem Lizzi-Lorenz-Thema anfing, sagte ich: »Erzähl mir besser was über das Liebesleben der Schuppenkarpfen! Das ist interessanter!«

Meinen grünen Pulli, den Kugelschreiber, die Bücher und die Kassetten gab mir der Lorenz übrigens nicht zurück. Und da er ja für mich allerdünnste Luft war, konnte ich ihn nicht gut daran erinnern.

10. Kapitel,

in welchem ich ein Dutzend Fußblasen bekomme und mich fürs Reimen interessiere, aber wegen einer Stehlampe wieder alles ganz anders wird und ich das leider nicht hinnehmen kann.

Seit ich lorenzmäßig nicht mehr »engagiert« war, bemühte sich der Peter heftig um meine Gunst. Aber erstens hatte ich von Liebesangelegenheiten überhaupt genug, und zweitens wusste ich, dass die Polli in den Peter ein bisschen verliebt war. Meine zweite Freundin wollte ich nicht auch noch verlieren. Ich hielt den Peter also auf Distanz. Was gar nicht leicht war, weil die Polli, er und ich fast jeden Nachmittag zusammen verbrachten.

Einmal, als wir zu dritt aus dem Papiergeschäft kamen, sahen wir den Lorenz auf der anderen Straßenseite. Neben ihm ging ein Mädchen. Er hatte einen Arm um die Schultern des Mädchens gelegt.

»Na, was ist denn das?«, fragte die Polli.

»Das ist eine gewisse Sandra«, sagte der Peter. »Die ist vor einer Woche in sein Haus eingezogen!«

»Und?«, fragte die Polli.

Der Peter zierte sich. Er dürfe drüber nicht reden, habe dem Lorenz das Ehrenwort gegeben, nichts zu sagen.

»Das Ehrenwort hast eh schon gebrochen«, sagte die Polli. »Jetzt kannst weiterbrechen!«

Der Peter redete noch ein bisschen herum, aber dann erzählte er uns, dass der Lorenz absolut verknallt in diese Sandra sei. Die sei seine zweite große Liebe, habe er ihm gestanden. Die erste große Liebe sei ich gewesen.

»Und die Lizzi?«, fragte die Polli. »War die die Liebe eins-komma-fünf, oder wie?«

»Die war ein Irrtum«, sagte der Peter.

»Weiß sie das schon?«, fragte die Polli.

Der Peter schüttelte den Kopf. »Ehrlichkeit ist ja nicht gerade dem Lorenz seine Stärke«, sagte er. »Und blöd wie die Lizzi ist, kann er sie noch lange am Faden halten.« Dann wurde er rot im Gesicht und sagte zu mir: »Entschuldige, ich wollte nicht taktlos sein, ich hab nur gemeint …«

»Geschenkt!«, unterbrach ich ihn. »Ich weiß eh, dass ich auch zu den Blöden gehört habe!«

Aber die Lizzi war gar nicht so blöd! Die hat nämlich schon bald kapiert, dass sich der Lorenz die Nachbarstochter angelacht hat. Gleich beim zweiten Mal, als ihr der Lorenz vorgelogen hat, dass er mit seinem Freund reiten geht und sich mit ihr daher nicht treffen kann, hat sie ihm nachspioniert. Eh klar, dass die nimmer so naiv war wie ich. Sie hat ja erlebt, was er mit mir aufgeführt hat! So hat sie einfach bei diesem Freund angerufen. Und der ist nicht beim Reiten gewesen, sondern daheim, und er hat gesagt, dass er den Lorenz schon wochenlang nimmer gesehen hat, und reiten geht er nicht mehr. Er ist viermal vom Pferd gefallen, das reicht ihm! Da ist die Lizzi zum Lorenz in die Wohnung und dort sind der Lorenz und diese Sandra vor dem Fernseher gesessen und haben Soletti geknabbert. Beide an einem Soletti. Jeder von einem Ende her. Wie die Lizzi das gesehen hat, hat sie so eine Wut bekommen, dass sie dem Lorenz vor die Füße gespuckt und ihn angeschrien hat: »So was Schuftiges wie dich gibt es kein zweites Mal! Nie werde ich dir verzeihen, dass mir wegen dir meine beste Freundschaft zerbrochen ist!« Womit die Freundschaft mit mir gemeint war. Erfahren habe ich von diesem Lizzi-Auftritt natürlich wieder durch den Peter, dem es der Lorenz unter sieben Siegeln der Verschwiegenheit anvertraut hat.

Ich tat zwar weiter so, als ob der Lorenz und die Lizzi für mich Luft wären, aber insgeheim linste ich oft verstohlen zu ihrem Pult hin. Zwischen den beiden herrschte absolute Funkstille. Während des Unterrichts starrten sie nach vorne, so weit wie möglich voneinander abgerückt. Kaum hatte es die Pause eingeläutet, sprang die Lizzi auf und verließ ihren Platz.

Mich überkamen lizzimäßig gemischte Gefühle. Klaro, dass ich mir dachte: Ätsch, jetzt hast es! Geschieht dir nur recht! Aber irgendwie tat sie mir Leid. Weil ich mir gut vorstellen konnte, wie ihr zumute war. Außerdem bemerkte ich, dass sie versuchte, mit mir Kontakt aufzunehmen. Ging ich in der Pause zum Papierkorb und schälte eine Mandarine, stand sie urplötzlich, Bleistifte spitzend, neben mir. Goss ich die Schusterpalme auf dem Fensterbrett, kam sie und tat, als müsse sie dringend auf die Straße runterschauen. Dazu hatte mir die Verena gesagt, dass die Lizzi nimmer neben dem Lorenz sitzen mag. Sie will die Blaumeise um Versetzung bitten. Und der einzige freie Sitzplatz in der Klasse war der neben mir, den der Lorenz verlassen hatte. Das hieß wohl im Klartext: Die Lizzi will sich zu mir setzen! Die Polli empörte das.

»Rückgratloses Luder«, schimpfte sie. »Jetzt, wo ihr der Lorenz durch die Lappen gegangen ist, wären wir ihr wieder gut genug!«

Der Peter war gutmütiger, der sagte: »Sie kann sich ja geändert haben. Der Mensch hat schließlich die Fähigkeit, Fehler einzusehen!«

Weil ich mich nicht entscheiden konnte, ob ich dem Peter oder der Polli Recht geben sollte, ging ich der Lizzi aus dem Weg und übersah ihre Versuche, wieder mit mir zu reden.

Am Allerseelentag, der ja schulfrei ist, war ich mit der Polli und dem Peter auf dem Friedhof beim Grab von meinem Großvater. Nicht, dass mir danach gewesen wäre. Der Mann war schon tot, wie ich auf die Welt gekommen bin. Und ein sehr lieber Papa, sagt meine Mama, ist er auch nie gewesen. Aber meine Oma hatte angerufen und mich gebeten, dem Grab ein Lichtlein und ein paar Blumen zu spendieren, damit es nicht »nackt« ist, wenn zu Allerseelen Bekannte auf dem Friedhof sind. Die könnten sich »das Maul zerreißen« und sagen, dass die Witwe auf Mallorca wohllebt und ihren toten Mann verkommen lässt!

Wir kauften etwas Moosartiges, was nicht welkt, und ein 48-Stunden-Licht. Weil der Betrag, den ich laut Oma ausgeben sollte, damit nicht verbraucht war – hat doch keinen Sinn, einem Toten Moos in Wagenradgröße zu verehren –, lud ich die Polli und den Peter auf ein Mittagessen zu mir ein und kaufte vom »Körberlgeld« bei unserem Luxusfressgeschäft reichlich Nahrung für das Allerseelenfest ein.

Beim Heimkommen sah ich es in unserem Briefkasten, hinter den Luftlöchern, lindgrün schimmern. Lindgrün ist das Briefpapier meiner Mama.

Ich öffnete den Briefkasten. »Warum schreibt sie«, sagte ich. »Wir telefonieren jeden zweiten Tag mindestens!«

»Vielleicht was Unangenehmes«, sagte die Polli.

»Oft schreiben die Leute, wenn sie etwas nicht sagen wollen«, sagte der Peter.

Ich holte den Mama-Brief aus dem Kasten und riss ihn auf. Die Polli und der Peter hatten ins Schwarze getroffen, denn der Brief fing so an:

Liebes Felispatzl,
seit zwei Wochen will ich es dir schon am Telefon sagen, aber ich schaffe es einfach nicht, und darum schreibe ich jetzt diesen Brief …

Und dann teilte sie mir mit, dass sie den Dingsda – also sie schrieb: »meinen Bertram« – in vierzehn Tagen heiraten wird!

Wir stiegen die Treppe hoch, der Peter und die Polli schauten mich besorgt an. »Ist das schlimm für dich, Alte?«, fragte die Polli.

»Blödsinn«, sagte ich. »Ob sie mit oder ohne Trauschein mit ihm lebt, ist Jacke wie Hose!« Ich verstand echt nicht, wo da ein Unterschied sein sollte! Schon gar nicht verstand ich, dass sie das mir nicht hatte sagen können, dem Papa aber sehr wohl. Denn als ich den mit der Neuigkeit überraschen wollte, stellte sich heraus, dass ihm die bereits bekannt war. Er sagte: »Sie wollte, dass ich es dir schonend beibringe, aber ich habe abgelehnt. Ist ja schließlich nicht mein Bier!«

Natürlich waren der Papa und ich zur Hochzeit eingeladen. Der Papa war sogar bereit, die Einladung anzunehmen. »Ich lass mir den Dingsda doch nicht entgehen«, erklärte er. »Man muss schließlich wissen, welches Mitglied der Familie zuwächst!«

Dass ich unbedingt ein Hochzeitskleid brauche, sah er auch ein. Nur willens, mit mir »den Fetzen« auszusuchen, war er nicht. Er sagte: »Geh rumschauen, und wenn du was gefunden hast, kaufen wir es.«

Drei Nachmittage zog ich mit der Polli durch die Stadt; der Peter wollte von Kleidern auch nichts wissen. Von Schaufenster zu Schaufenster marschierten wir. Am dritten Nachmittag sah ich in einem kleinen, punkigen Laden einen Traum von Kleid. Dazu 60 % reduziert, also fast geschenkt.

»Das kauft dir dein Papa nie im Leben«, sagte die Polli.

»Wetten, dass?«, fragte ich.

»Na ja, bei deinen Eltern weiß man nie«, murmelte die Polli und ging auf die Wette nicht ein.

Das Traumkleid war aus steifem, weißem Tüll, hatte einen wadenlangen Rock mit Tüllrüschen unten dran, und weil der lange Rock ganz durchsichtig war, war darunter noch ein seidener, weißer Mini. Aber schon total mini! Und der Über-drüber-Clou: Auf den Brüsten – also dort, wo andere Brüste haben, ich bin ja leider flach – waren zwei spitze Kegel aus Metall auf den Tüll genäht. Die langen Tüllärmel waren nicht in die Armlöcher reingesteppt, sondern ganz extra. Wie schulterlange Handschue ohne Fingerlinge.

Mein Papa wäre fast in Ohnmacht gefallen, als ich ihm das Kleid zeigte. »Nur über meine Leiche!«, rief er und weigerte sich, den Laden zu betreten. Vor der Ladentür stritten wir lang herum, ob es reiche, wenn *mir* das Kleid gefalle, oder ob ich eins kaufen müsse, das auch dem Dingsda und seiner gesamten Verwandtschaft gefällt.

»Der Mama jedenfalls«, argumentierte ich, »gefällt das Kleid sicher! Die hat nicht so einen Spießergeschmack wie du!«

Da schaute der Papa auf einmal ganz heiter. »O.k.!«, sagte er. »Ich lass mir doch keinen Spießer nachsagen! Kauf dir den Apparat. Aber wenn die Hochzeitsgesellschaft der flüssige Schleimschlag trifft, wasche ich meine Hände in Unschuld!«

Lackschuhe kauften wir auch gleich in dem Laden. Ebenfalls 60% reduziert. Die waren mir ein bisschen eng. Aber sie waren so wunderschön, dass ich ihnen nicht widerstehen konnte. Und der Verkäufer sagte, dass sie sich garantiert noch »austreten«.

Ich fing mit dem Austreten gleich an, als wir daheim waren. Den ganzen Abend latschte ich in den Lackgaloschen herum und sie taten mir immer mehr und mehr weh. Vor dem Papa wollte ich das nicht zugeben, denn der war gegen den Ankauf gewesen und hatte mich schon im Laden gewarnt: »Lackleder tritt sich nicht aus, das bleibt ewig hart!«

Am Morgen darauf hatte ich an jeder Ferse eine Blase. Ich sagte mir, dass ein Indianer keinen Schmerz kennt, klebte Pflaster über die Blasen und zog die Schuhe wieder an. Besser jetzt Qualen als bei der Hochzeit, dachte ich.

Für den Schulweg brauchte ich dreimal so lange wie sonst, weil die Lackhufe ein zügiges Ausschreiten unmöglich machten. In der Klasse zog ich sie aus und stellte fest, dass ich jetzt auf jedem Fuß sechs Blasen hatte und etliche rote Druckstellen. Drei Blasen waren aufgeplatzt und blutig.

In der großen Pause blieb ich auf meinem Platz sitzen, blätterte in einem *Tim und Struppi* und schlenkerte die wunden Füße. In die verdammten Schuhe hätte ich nimmer rein können! Und barfuß mit den anderen in den Hof gehen wäre nichts gewesen. War ja schon ziemlich kalt draußen. Außerdem ist in unserem Schulhof immer ein Geschubse und Gedränge. Hätte mir gerade noch gefehlt, dass mir einer auf meine armen Hufe getreten wäre!

Wie ich so im *Tim und Struppi* lese, fällt plötzlich ein Schatten auf meine Lektüre. Ich schaue hoch, die Lizzi steht neben dem Pult, hat einen Haarreifen in den Händen, dreht den hin und her und sagt: »Den hast du mir einmal geborgt!«, und legt den Haarreifen auf mein Comic-Heft.

»Danke«, sage ich eisig.

»Es tut mir Leid«, sagt die Lizzi.

»Und zwar was?«, frage ich, um nichts weniger eisig.

»Wie ich war … zu dir«, stottert die Lizzi. »Meine Mama meint, wo wir schon … im Kindergarten Freundinnen waren … dass es schad wär … meint meine Mama … dass wir uns wieder vertragen sollen!«

Ich verschränke die Arme über der Brust. »Ach, das meint also deine Mama?«

»Ich doch auch«, sagt die Lizzi. »Ich weiß genau, dass ich ein gemeiner Volldepp war!«

»Aber wenn sich der Lorenz nicht die Sandra angelacht hätte«, sage ich, »würdest es noch immer nicht wissen!«

Die Lizzi zieht ein gefaltetes Papier aus der Hosentasche, überreicht es mir und sagt: »Das habe ich in mein Tagebuch geschrieben. Kannst am Datum sehen, dass es drei Wochen her ist. Damals habe ich noch nicht gewusst, dass er ein Schuft ist!«

Ich falte das Papier auf. Da steht in der krakeligen Lizzi-Handschrift:

Wenn ich in den Spiegel seh,
spricht mein Ebenbild zu mir:
Ach, wie tatest du der Feli weh!
Vielleicht, einmal, verzeiht sie dir!

Na ja, das hat mich irgendwie gerührt. Ich habe der Lizzi verziehen. Ist ja wahr: So eine uralte Freundschaft muss man doch flicken können!

Die Polli war ganz schön grantig, als sie vom Hof in die Klasse zurückgekommen und die Lizzi bei mir gestanden ist. In der nächsten Stunde war Englisch. Ich habe der Polli nach vorne zugezischelt, dass sich die Lizzi bei mir entschuldigt hat. Vom Gedicht über mich habe ich ihr auch berichtet. Die Polli hat das nicht gerührt. Sie hat mir ein Brieferl nach hinten gereicht, auf dem ist gestanden:

Ein leeres Blatt aus dem Tagebuch reißen, was draufschreiben und mit falschem Datum versehen, kann jeder.

Wäre ja wirklich möglich gewesen, dass die Lizzi das so gemacht hat, aber eigentlich ist mir das Wurscht gewesen!

In der nächsten Pause ist die Lizzi zur Polli gegangen und hat bei der rumgestottert, dass ihr alles Leid tut und sie sich wieder mit ihr vertragen will. (Tagebuchseite hat sie für die Polli aber keine gehabt.) Auge in Auge mit der stotternden Lizzi hat auch die Polli nicht hart bleiben können. Sie hat ihr die Versöhnungspatschhand gereicht. Und der Peter war ohnehin nie wirklich verfeindet mit der Lizzi, der hat sich gar nicht versöhnen brauchen.

In der letzten Schulstunde ist es duster vor den Fenstern geworden, gleich darauf hat es zu schütten angefangen.

»Na«, sagte ich erleichtert zur Polli. »Jetzt fällt der Einkaufsbummel sowieso von wegen Sauwetter ins Wasser!«

Die Marina und ich hatten nämlich ausgemacht, dass sie mich von der Schule abholt und wir durch die Gegend schlendern und nach einem Hochzeitsgeschenk für die Mama suchen. Ich hätte nicht gewusst, wie ich das blasenfußmäßig hätte schaffen sollen! Die Lackhufe waren zu vergessen! Wenn ich bloß den klitzekleinsten Versuch machte, meine Füße hineinzuzwängen, musste ich laut aufwimmern!

Ich verließ also zu Mittag das Schulhaus barfuß, mit den Lackmonstern in der Hand. Die Marina wartete unter dem Regenschirm. Als sie den Zustand meiner Treter sah, holte sie ihr Auto, fuhr mich zu sich heim und versorgte meine Blasen. Dazu waren soviel Pflaster, Watte und Mullbinde nötig, dass meine Füße hinterher gerade noch in ihre Tennisschuhe passten; und die Marina hat Schuhgröße 41!

In den Tennisschuhen, Schuhgröße 41, wanderte ich dann die ganze nächste Woche herum. War aber trotzdem eine lustige Zeit! Die Lizzi hatte nämlich nicht nur über mich ein Gedicht gemacht, die hatte es damals überhaupt mit dem Dichten. Sie steckte mich und die Polli damit an. Den Peter nicht. Dem fielen erstens überhaupt keine guten Reime ein, zweitens fand er Gedichte »fad«. Immer, wenn wir uns dem Dichten hingaben, fing er zu gähnen an und erklärte, er gehe heim, die »Dichterei« schläfere ihn ein.

Weil ich noch immer keine Ahnung hatte, was ich der Mama zur Hochzeit schenken soll – viel Geld hatte ich ja nicht und meine Mama liebt es nur sehr teuer und edel –, kam die Lizzi auf die Idee, wir könnten für die Mama ein Gedicht verfassen. In Schönschrift geschrieben, sagte sie, mit gemalter Umrandung und in feinem Rahmen wäre das ein »persönliches Geschenk«.

Einen ganzen Nachmittag bastelten wir das Hochzeitsgedicht. Dann schrieb ich es auf feinstes Zeichenpapier. Mit verschnörkelten, bunten Buchstaben:

Beste Empfehlung
zur neuen Vermählung!
Glück möge der Himmel dir senden
und Wonnen ohne Enden!
Werde dir der Ehealltag nie grau
und bleib eine heitere, lustige Frau!

Stolz zeigte ich der Marina mein schönschriftliches Werk. Die motzte: »Da kommt der Dingsda überhaupt nicht vor!«

»Der geht mich auch einen feuchten Staub an«, sagte ich.

»Bei einer Hochzeit geht es um zwei!«, erklärte die Marina. »Da muss man alle beide mit guten Gedanken bedenken!«

Ganz sah ich das nicht ein, aber weil die Marina meinte, es könnte die Mama kränken, wenn ich dem Dingsda nichts wünsche, versuchte ich mit der Polli, der Lizzi und dem Peter das Gedicht in die Mehrzahl zu bringen. Bis auf die letzten zwei Zeilen war das einfach. Wir mussten bloß »dir« durch »euch« ersetzen. Doch auf »Werde euch der Alltag nie grau« fiel uns kein Reim ein.

Der Peter machte dauernd blöde Reime wie: »Kriegt noch viele Gschrappen, und haut ihnen nicht in die Pappen!«

Die Lizzi versuchte, »grau« durch »trübe« zu ersetzen,

da ätzte er: »Werde euch der Alltag nie trübe, und haut euch nicht auf die Rübe!«

Schließlich hatte ich den erleuchteten Geistesblitz: »Werde euer Alltag voll Glück und Spaß, dieses wünscht Felicitas!«

Der Rahmen – aus vergoldetem Holz mit Kurven und Zacken –, den ich bei unserem Tandler an der Ecke gekauft hatte, war leider ein bisschen knapp für die neue Fassung. Die letzten Buchstaben der letzten zwei Zeilen wurden vom Goldholz verdeckt. Aber ich wollte mich nicht noch einmal in Schönschrift üben, und ich dachte mir, die Mama wird schon kapieren, was ein »Sp-« und wer die »Felici-« ist.

Die Swetlana musste mein Traumkleid enger machen, denn das schlotterte um meinen Oberleib herum. Na, die schimpfte vielleicht mit dem Papa und mit mir. Mit mir, weil mir »so blede Kladl gfallt«, und mit ihm, weil er »blede Madl olas erlaubt«. Während sie an der Nähmaschine saß, fluchte sie die ganze Zeit vor sich hin. Aber sie arbeitete trotzdem perfekt. Wie angegossen passte mir hinterher das Kleid. Bloß wegen der Schuhe hatte ich noch ein Problem! Dick bandagiert waren meine Fuße zwar nimmer, aber völlig abgeheilt waren die Blasen auch nicht. Die einzigen Schuhe, in denen ich schmerzfrei gehen konnte, waren meine alten, ausgelatschten Adidas-Schuhe, und die waren total fleckig und abgeschürft, passten also nicht zum Traumkleid. Optimistin, die ich bin, hoffte ich, dass die Blasen bis zum Hochzeitstag komplett abheilten.

Leider waren die Blasen auch am Abend vor unserer

Abreise nach München nicht ganz verheilt. Mein Papa diente mir uralte Haferlschuhe der Mama an. Schwarze, genagelte Dinger, bis über die Knöchel rauf, unten mit Ösen, oben mit Haken. Das sei irre »punky«, meinte er. Wenn ich schon »oben« in der Richtung gekleidet bin, könne ich es »unten« auch sein, da begehe ich wenigstens keinen Stilbruch.

Ich zog also probeweise die Haferlschuhe an und dazu das Traumkleid. Um zu sehen, ob die Kombination hinhaut. Gerade als ich mich vor dem großen Spiegel im Vorzimmer um die eigene Achse drehte – gar nicht unzufrieden mit meinem Anblick –, war ein Geräusch an der Wohnungstür. Ich dachte: O Gott, jetzt kommt die Swetlana! Und wird sich gleich wieder über mein Aussehen erregen!

Aber Schnecken! Die Mama kam zur Tür rein. In jeder Hand hatte sie eine Reisetasche!

Mehr als »Du?« brachte ich nicht heraus. Was soll man auch sagen, wenn die Frau, die in fünfzehn Stunden in München heiraten will, mit zwei Reisetaschen in Wien ankommt?

»Ja ich«, sprach die Mama, schickte einen Seufzer hinterher, stellte die Reisetaschen ab und schloss die Tür.

Den Papa hatte das Türgeräusch ins Vorzimmer gelockt. Er starrte die Mama an und fragte: »Wieso?«

»Das ist eine längere Geschichte«, murmelte die Mama. Sie ging ins Wohnzimmer. Der Papa und ich jappelten hinter ihr her. Die Mama ließ sich auf die Couch plumpsen, wir standen verdattert vor ihr.

»Was ist los?«, fragte der Papa.

»Um mit dem Ende der Geschichte anzufangen«, sagte die Mama, »ich bin wieder da. Mit allem Drum und Dran, weil alles Drum und Dran vorbei ist!«

Der Papa setzte sich links von der Mama auf die Couch, ich setzte mich rechts von der Mama auf die Couch.

»Mein Gastspiel in München ist zu Ende«, sagte die Mama. »Ein ungutes Gefühl hatte ich schon länger, so ein Warnlämpchen hat in meinem Kopf geblinkt. Aber ich hab's halt ignoriert!«

»Warum hast es dann nimmer ignoriert?«, forschte der Papa.

»Wegen der blöden Stehlampe!«, sagte die Mama.

Es wäre zu langweilig, die ganze Stehlampengeschichte im Mama-Original-Sound wiederzugeben, daher in aller Kürze: Die Mama hatte eine hässliche Stehlampe aus dem Wohnzimmer vom Dingsda entfernen wollen, der hatte das nicht erlaubt. Da hatte sie ihn gefragt, welche Rechte sie eigentlich in seinem Haus habe? Und da hatte sich ein Streit ergeben, in welchem der Dingsda allerhand sagte, was die Mama zur Überzeugung brachte, dass der Mann »ein Irrtum« gewesen ist, von dem sie nichts mehr wissen will! Und dem Päng-Job, hat sie dann noch gesagt, weint sie keine Träne nach, das ist eine blöde Zeitung, weit unter ihrem Niveau! Außerdem ist sie zu alt, um sich für all den Pipifax zu interessieren, den man in so einer »jungen« Zeitschrift schreiben muss!

»Kannst deinen alten Job wiederhaben?«, fragte der Papa.

»Nein«, sagte die Mama. »Aber als freie Mitarbeiterin krieg ich überall was! Da mach ich mir keine Sorgen. Und verdient hab ich in München ja gut, ich hab mir allerhand erspart. Da kann ich fürs erste den Verdienstausfall überbrücken!«

»Na, dann …«, sagte der Papa und stand auf, »dann geh ich wohl jetzt!« Er marschierte durchs Wohnzimmer, in sein Zimmer rein. Auf dem Bett dort lag der offene Koffer, in den er schon das meiste für die Reise nach München getan hatte. Ich sah, dass er ein paar Hosen und Hemden aus dem Schrank holte, in den Koffer legte und den Deckel schloss. Dann kam er mit dem Koffer ins Wohnzimmer.

»Den Rest hol ich morgen«, sagte er. Die Mama nickte.

»Ich will aber nicht, dass du weggehst!«, rief ich.

»Aber Tochter«, sagte der Papa, »deine Mutter will in ihr Bett zurück!«

Es fiel mir nicht leicht, aber ich sagte es trotzdem! Ich rief: »Können wir es nicht so lassen, wie es ist?«

Meine Mama schaute mich irritiert an. »Spatzl«, fragte sie, »willst mich nach München zurückschicken?«

Ich konnte mich einfach nicht beherrschen. Ich fing zu heulen an und schluchzte, dass ich die Mama natürlich nicht nach München zurückschicken will, aber dass sie in die Wohnung vom Papa ziehen soll! Dass ich mich jetzt an den Papa gewöhnt habe! Dass ich nicht will, dass jetzt wieder alles ganz anders wird! Und in ein paar Monaten vielleicht wieder ganz anders! Dann will sie vielleicht nach Graz! Oder Linz! Oder sonstwohin! (Dass sie vielleicht bald wieder einen Igitt-Kerl mit einem Supermann verwechseln könnte, sagte ich nicht.)

Die Mama gab mir ein Taschentuch, ich schnäuzte mich ausführlich. Sie fragte den Papa: »Was meinst du?«

Der Papa sagte: »Ich kann dir nicht vorschreiben, dass du in meine Wohnung ziehst!«

»Du hättest nichts dagegen?«, fragte die Mama.

Der Papa sagte weder ja noch nein, stand bloß verlegen mit dem Koffer da.

»Na, dann gib mir halt deine Schlüssel!«, sagte die Mama. »Ich bin hundsmüde, ich bin ohne Stopp durchgefahren, ich will nichts wie ins Bett!«

Der Papa holte die Schlüssel aus der Tasche und überreichte sie der Mama. Die Mama stand auf und ging ins Vorzimmer raus.

Ich lief ihr nach. »Verstehst das nicht, Mama?«, rief ich.

»Doch, doch«, sagte die Mama. »Aber gefallen muss es mir ja nicht!« Dann starrte sie mich an. Anscheinend fiel ihr mein Kleid erst jetzt richtig auf. »Was hast du da am Leibe?«

»Das wär mein Hochzeitskleid gewesen!«, sagte ich. Und da fing meine traurige Mama zu lachen an. Nicht nur ein bisschen, richtig laut und lustig. »Ist ja super!«, rief sie. »Ewig schad, dass der Prunk nicht zum Einsatz gekommen ist!«

Ich half der Mama, die Reisetaschen zu ihrem Auto runterzutragen. Die Mama schwor mir hoch und heilig, dass sie vor Kummer nicht kaputtgeht, wenn der Papa und ich zusammenbleiben. Weil wir uns ja eh so oft sehen können, wie wir wollen! Und dass sie in der nächsten Zeit ohnehin viel unterwegs sein muss, sagte sie, wenn sie wieder ins Geschäft kommen will. Da hat man sich gewaltig unters Volk zu mischen, damit jedem aus der Branche auffällt, dass man zur Verfügung steht! Da hätte sie sowieso wenig Zeit für mich! Aber natürlich habe sie einen gigantischen Feli-Nachholbedarf. Gleich morgen Vormittag könnten wir ja zusammen sein. So pflichtbewusst, meinen »Hochzeitsurlaub« von der Schule nicht zu konsumieren, nur weil es keine Hochzeit gibt, werde ich ja wohl nicht sein!

Aber beim Haustor angekommen, sagte die Mama, morgen Vormittag sei doch kein guter Termin, um uns zu treffen. Sie müsse herumtelefonieren. Mit ihrem alten Chef und ein paar Kollegen und Leuten vom Radio. Zu Mittag wäre besser! Als wir beim Auto waren, passte ihr die Mittagszeit auch nicht. Unter Umständen könnte sie ihr alter Chef zum Mittagessen einladen, und es wäre blöd, »nein« zu sagen, weil sie wieder Arbeit von ihm will. Der Nachmittag wäre günstiger!

»Weißt was?«, sagte ich und bugsierte die Reisetaschen in den Kofferraum. »Ruf mich morgen an und sag mir, wann es echt geht!«

»O.k., so machen wir's!« Die Mama wangenküsste mich rechts-links-rechts, stieg ins Auto und fuhr ab. Ich winkte hinter dem Auto her, bis es um die nächste Ecke verschwunden war. Flau war mir im Magen. Um das flaue Magengefühl zu bekämpfen, sagte ich mir, während ich zurückmarschierte: Erstens kommt die Mama ohne dich besser zurecht, zweitens kannst du nichts dafür, dass deine Eltern geschieden sind und du dich für einen von ihnen entscheiden musst! Hättest du dich für die Mama entschieden, wär dir jetzt wegen dem Papa flau im Magen!

Der Papa war in der Küche, als ich hochkam. Er

schmierte sich ein riesiges Schmalzbrot und belegte es mit hauchdünnen Zwiebelringen.

»Mach mir bitte auch eins!«, sagte ich.

Der Papa nickte. Ich setzte mich aufs Küchenfensterbrett und baumelte mit den Beinen, wobei die eisenbeschlagenen Absätze der Haferlschuhe ein paar Mal gegen die Wand unter dem Fensterbrett knallten.

»Hör auf!«, rief der Papa. »Du schlägst Löcher in den Putz!« Er reichte mir das Zwiebelring-Schmalzbrot.

»Da sind ja Grammeln drin!«, greinte ich. »Grammeln mag ich nicht!«

Der Papa nahm mir das Schmalzbrot aus der Hand. Mit einer Gabel holte er alle Grammelstücke aus dem Schmalz und deckte die Zwiebelringe wieder drüber.

»Wär nicht auszuhalten«, murmelte er, »dich nicht rund um die Uhr am Hals zu haben!«

»Hab ich mir ja gedacht!«, sagte ich.

Der Papa lieferte das reparierte Schmalzbrot bei mir ab. »Ist es so richtig?«, fragte er.

»Na ja, fast richtig!«, sagte ich, biss ins Schmalzbrot und schob dabei mit den Zähnen Schmalz weg, weil das Brot zu fett bestrichen war.

»Tja!«, sagte der Papa. »Ganz richtig gibt es halt selten, werte Tochter!«

Weil ich den Verdacht hatte, dass er damit nicht nur Schmalzbrote meint (für die das ja nicht gilt, weil man sie sehr wohl »ganz richtig« bestreichen kann), nickte ich sehr zustimmend.

Ein paar Wörter, die vielleicht nicht jede/-r gleich versteht

Binkel: Bündel
bisserl: ein bisschen
Blunze: Blutwurst, auch Schimpfwort für eine dicke, unbewegliche Frau
Doppelwatschen: doppelte Ohrfeige
Essigpatschen: Essigsocken (gegen Fieber)
Fettgatsch: fettiger Brei
Flocki: Schimpfwort
Fuzerl: ein winziges Stück
Galosche: Schuhe
G'riss: einer Sache große Bedeutung geben
Gatsch: Brei, Mus, auch Kot
Gfrast: Fussel
Grammel: Griebe
greinen: meckern, schreien
Grießkoch: Grießbrei
Gschrappn: Schimpfwort
Haferlschuh: fester Halbschuh
Hausbesorgerin: Hausmeisterin
Hausschlapfen: Hausschuhe
Haxen: Bein, hier: Fuß
Herrl: Herrchen
Honigseim: dicker Honigsaft
Hundsgfrast: Schimpfwort
jappeln: hinterherrennen
Kaiserschmarrn: in kleine Stücke zerstoßener Eierkuchen, oft mit Rosinen
keppeln: keifen
Kladl: Kleid
Kniewabbern: Kniewackeln
Krautfleckerln: Speise aus kleinen Nudeln mit Kraut gemischt
Kredenz: Anrichteschrank
Kretzl: Stadtteil
Nachtkastl: Nachtschränkchen, Nachttisch

Nachtmahl: Abendessen
nimmer: nicht mehr
ÖBB: Österreichische Bundesbahn
Pappn halten: Mund halten
Paradeiser: Tomate
pumperlgsund: kerngesund
Ribisel: Johannisbeeren
Risi-Pisi: Gericht aus Reis und Erbsen
Sagern: Redewendungen, Sprüche
Salon-Beuschel: Speise aus Tierinnereien, besonders Herz und Lunge
Sandler: untüchtiger Mensch
Schmankerl: Leckerbissen
Soletti: Salzstangen
Spassettln: Witz, Scherz, Unfug
Staubwuwer: Staubfussel
Supperl: Suppe
Tafelspitz: gekochtes Rindfleischstück
Tandler: Trödler
Telefonhüttel: Telefonhäuschen
Tonbatzln: Tonstücke
Topfen: Quark
Trafik: Tabakladen
Ungemach: Ärger, Unannehmlichkeiten
wacheln: fächeln, wedeln
Wappler: Schimpfwort
waschelnass: klatschnass
Weinberl: Schmeichler, unterwürfiger Mensch
wischerln: wischen
wursteln: kaspern
zwinseln: blinzeln

Christine Nöstlinger
Das Austauschkind
Roman
Gulliver Taschenbuch (78198), 160 Seiten *ab 12*

Ewalds Eltern wollen immer nur das »Beste« für ihren Sohn. Auch dann, wenn Ewald selbst ganz anderer Ansicht über sein »Bestes« ist. Diesmal haben sie ein englisches Austauschkind eingeladen. Eines, das alle Regeln und Gebote der Gastfamilie sanft staunend und achselzuckend abtut, das von Erzieherautorität, speziell der von Ewalds Eltern, gar nichts hält, das immer nur »Fish and Chips« verlangt, viel Geld braucht, um es im Prater in Spielautomaten zu stecken, und sich schließlich auch noch unsterblich verliebt.

Beltz & Gelberg
Beltz Verlag, Postfach 100154, 69441 Weinheim

Christine Nöstlinger
Wetti & Babs
Roman
Gulliver Taschenbuch (78130), 272 Seiten *ab 12*

Die Barbara Bogner ist dreizehn Jahre alt. Sie hat nette Eltern, zwei halbwegs nette Großmütter, einen gar nicht netten kleinen Bruder und eine Menge überaus netter Freunde. Alle nennen sie Wetti. Eines Tages lernt sie den Stefan kennen, der ihren Namen allerdings unmöglich findet. Was der Stefan sagt, wird sehr wichtig für Barbara! Und weil er ganz andere Ansichten hat als Barbaras Familie und Freunde, wird das Leben für Barbara sehr, sehr kompliziert. Man kann sich zwar einen anderen Vornamen zulegen, darauf bestehen, Babs genannt zu werden, aber ein anderes Leben bekommt man davon noch lange nicht. – Ein Roman über ein Mädchen, das mit beiden Beinen fest auf der Erde steht und vieles meistert, was anfangs hoffnungslos aussieht.

Beltz & Gelberg
Beltz Verlag, Postfach 100154, 69441 Weinheim

Christine Nöstlinger

Sowieso und überhaupt

Roman

Gulliver Taschenbuch (78203), 160 Seiten *ab 12*

Karli, Ani und Speedi wäre ein reichlich unharmonisches Familienleben immer noch lieber als eine harmonische Scheidung der Eltern. Doch Kinder werden nach diesbezüglichen Wünschen ja selten gefragt, und so müssen die drei eben hinnehmen, was – laut Statistik – jedes dritte Kind durchmachen muss: die Scheidung der Eltern. Das bedeutet für sie nicht nur Kummer im Herzen und Wut im Bauch, sondern auch jede Menge Reduzierung des Lebensstandards. Scheidung, sagt Ani, ist eben nur etwas für wohlhabende Leute. Und dann droht auch noch ein gewisser Dr. Zwickleder, der »Schrumpffamilie« wieder zu einem Herrn im Hause zu verhelfen. Nicht auszudenken!

Beltz & Gelberg
Beltz Verlag, Postfach 100154, 69441 Weinheim